警視庁アウトサイダー

The second act 3

加藤実秋

角川文庫
23545

目次

主な登場人物

水木直央（みずきなお）　二十三歳。警察学校を卒業後、警視庁桜町中央署の刑事課に配属され、架川・蓮見班に入った新人刑事。本当は事務職希望。明るく素直で行動力はあるが、あまり深く考えずに動いてしまうため、行き当たりばったりなところも。

蓮見光輔（はすみこうすけ）　二十七歳。桜町中央署刑事課のエース。観察眼と鋭い推理力を武器に、数々の事件を解決に導いている。爽やかな容姿と柔らかい物腰で老若男女を問わず人気だが、実は過去の出来事が原因で、ある大きな秘密を抱えている。

架川英児（かがわえいじ）　五十二歳。本庁組織犯罪対策部組織犯罪対策第四課、通称・マル暴から桜町中央署刑事課に左遷され、光輔とコンビを組むことに。型破りな捜査で事件を解決に導く一方、光輔の秘密を知り、マル暴に返り咲くための点数稼ぎに協力させている。

矢上慶太（やがみけいた）　五十五歳。光輔たちが所属する刑事課の課長。真面目で心配性。定年までのあと五年を平穏に過ごしたいと願っている。捜査のモットーは「基本に忠実に」。

羽村琢己（はむらたくみ）　三十五歳。本庁警務部人事第一課人事情報管理係所属。光輔とは学生時代からの付き合いで、秘密を知る協力者。

第一話　帰って来た罪人（つみびと）

1

ここから警視庁が見えるんだ。

ふと気づき、水木直央は腰かけた椅子から身を乗り出した。向かいには大きな窓があり、ガラス越しに日比谷公園の緑と、その先のビル群が一望できる。ビル群の奥には屋上のアンテナと上層の数階だけだが、警視庁本部庁舎が見えた。

気配に気づいたのか、窓の脇の机に着いた若い女が顔を上げた。ライトグレーのジャケットとオフホワイトのボウタイブラウス姿で、長い髪を頭の後ろで束ねている。

「申し訳ございません。間もなく、ミーティングは終わると思います」

目が合うと、若い女は大袈裟に眉根を寄せて言った。

「いえ。大丈夫です」

笑顔で返しながら、直央はアポなしで来て入れてもらえただけでもラッキーだと思う。ここは帝都損害保険株式会社の本社ビル四十階の役員室フロアで、若い女が着いた机には「受付」と書かれたプレートが載っていた。

と、廊下の奥にある部屋のドアが開いた。男が数人部屋から出て来て、廊下を歩きだす。

「お待たせしました。水木様、どうぞ」

若い女に促され、直央は会釈して立ち上がった。ベージュのカーペットが敷かれた廊下を進むと、部屋から出て来た男たちとすれ違った。全員中年で、一目で高級品とわかるスーツ姿。すれ違いざま、黒いパンツスーツにライトグレーのハイテクスニーカーという出で立ちの直央を怪訝そうに見る男もいた。

しんとした廊下を進み、奥の木製の大きなドアの前で立ち止まった。ノックすると、部屋の中から「どうぞ」とくぐもった声が応えた。直央は片手で肩に掛けた黒革のトートバッグの持ち手をぎゅっと握り、もう片方の手で金属製のバーを摑んでドアを開けた。

広々とした部屋の手前に黒革のソファとガラス製のローテーブルが置かれ、その奥に木製の大きく重厚な机があった。机には年配の男が着き、生え際が少し後退した白髪頭で、恰幅のいい体を茶色のスーツに包んでいる。帝都損害保険の副社長で直央の祖父・津島信士だ。机の後ろには大きな窓があり、直央が受付の前で見たのと似た眺望が広がっている。

読んでいた書類を机に置き、信士が顔を上げた。

「どうした、急に」

早歩きで応接セットの脇を抜けて机に歩み寄り、直央は口を開こうとした。が、一瞬早く信士はこう続けた。

「まあいい。ちょうどよかった」

そして老眼鏡を外し、机の引き出しを開ける。引き出しから小型のジップバッグを取り出し、腕を伸ばして直央の前に置いた。反射的に目を向けると、ジップバッグには縦一・五センチ、横一センチほどの黒いマイクロSDカードが入っている。

「この前、ペンを送り返した時に入れ忘れた」

さらに信士が言う。出鼻を挫かれた格好になった直央だが気を取り直し、トートバッグからボールペンを出して向かいに突き出した。

「これがペン型のボイスレコーダーだって、認めるのね？」

「贈った時に言わなかったか？」

あっけらかんと問い返され、直央は怒りを覚えた。ボールペンを下ろし、信士を見据えて言う。

「言ってない。おじいちゃんが現役時代に使ってたものだとは言ったけど。でも、それなら盗聴はお手のものだね。これと同じペン型のボイスレコーダーをスイッチを入れた状態で私に届け、捜査中の音声を録音した。で、人を使ってこのボールペンとすり替えて音声を入手し、都合の悪いことをもみ消したんでしょ」

「何の話だ？」

「とぼけないで。奥多摩にある、元機動隊の訓練施設の土地を再開発する計画よ。計画の裏には陰謀があって、そのために半グレ集団のフィストの黒田と亀山は殺された。本庁組織犯罪対策部の船津さんの自殺と、椛島さんの休職も同じだわ」

身を乗り出して捲し立てるとことの重大さを再認識し、怒りに焦りと緊張が加わった。信士が怪訝そうに何か返そうとしたので、直央はさらに続けた。

「ちゃんと答えて。おじいちゃんは陰謀にどこまで関わってて、何をするつもりなの？　私の特別研修も、蓮見さんと架川さんの下に配属されたのも、おじいちゃんが仕組んだの？　そもそも、私が警察官になれたのだって――」

「直央」

強い声で遮られ、直央は口をつぐんだ。黒革の椅子に座った信士が自分を見ている。初めて見る、厳しく威圧感に溢れた眼差しだ。

「立場を考えてものを言いなさい。警察官は権力を持ち、それを行使できる。お前が人を疑うということの意味と責任をわかっているのか？」

その言葉に驚き、はっともして直央は信士を見返した。

「私の口利きがなければ、警察官にはなれなかった。お前は本気でそう思うのか？」

口調と眼差しを少し和らげ、信士はさらに問うた。直央の頭に「後方からでも守れる平和や命がある」という母・真由の言葉に感銘を受け事務職員を目指したこと、警察学校での厳しい訓練と、警視庁の採用試験に合格するための猛勉強をやりとげたことが蘇る。迷わず、直央は答えた。

「ううん。思ってない」

「ならいい。お前の特別研修は年内で終わり、別の署の地域課に異動になる。それまで大人しくしていなさい」

「それ本当？　何でおじいちゃんが知ってるの？　やっぱり――」

「私が奥多摩の土地の再開発計画に関わっているのは事実だ。だが、お前に対しても、それ以外の何者に対してもやましいことはない。だから口を挟むな。これ以上は、いくら孫でも許さない」

きっぱりと告げ、信士は話を打ち切った。納得がいかない直央だが、異動の件のインパクトが大きすぎてとっさに反応できない。と、信士が言った。

「せっかく来たんだし、昼ご飯でも食べに行くか」

その朗らかというより余裕たっぷりな態度に脱力して苛立ちも覚え、直央は言葉を返そうとした。が、壁の時計を見ると既に午前十一時半だ。

「もう行かないと。お邪魔しました」

一礼して告げ、直央は身を翻した。歩きだしたところで忘れ物に気づき、信士の机の前に戻った。そして机上のジップバッグを取ってスーツのジャケットのポケットに押し込み、振り向かずにドアに向かって部屋を出た。

2

途中で昼食を済ませ、桜町中央署に向かった。蓮見光輔と架川英児に会ったのは、署の通用門の前だった。背筋を伸ばし、直央は「おはようございます」と挨拶した。

「おう。もう昼だけどな」

ぶっきら棒にそう応えたのは、架川。ダークグレーに赤いピンストライプのダブルスーツ姿でワイシャツは黒、ネクタイは黒地に銀色のペイズリー模様だ。

言われるだろうと思っていたことを言われ、うんざりして直央は黙った。昼食の帰りなのか、架川は口の端につま楊枝をくわえている。オヤジ臭さ倍増だ。

「いいんですよ。今日、水木さんは午前中半休を取っていますから」

笑顔で架川を見上げ、光輔も言う。こちらのスーツもダークグレーだがシングルで、肩幅が狭めでウエストが絞られた流行のシルエットだ。その通りと直央が頷こうとすると、光輔が振り返った。

「で、お祖父さんは何だって？　会いに行ったんでしょ？」

トレードマークである爽やかな笑みを浮かべ、口調も明るい。しかし直央は緊張し、警戒も覚えた。

「今の俺らの状況で半休を取ったと聞きゃ、察しは付く……だが、上手くはぐらかされ、警告もされてお終いってところだろ」

前半は取りなすように、後半はからかうように架川が言う。その通りなので直央が黙ると、架川は顎を上げて笑った。

「当たり前だ。相手は百戦錬磨の古狸だからな」

「古狸って、いくらなんでも」

直央は抗議したが、架川は口からつま楊枝を抜き、両手をスラックスのポケットに入れて歩きだした。光輔が続き、直央も通用門から署の敷地に入った。昼休み中なので、大勢の署員が通用門と通用口を繋ぐ通路を歩いている。十一月に入るのと同時に気温が下がり、晴れてはいるが制服の上に上着を着たり、マフラーや手袋を着けている者が目立つ。

直央のボールペンの正体と信士との関係を巡り、光輔に責められたのが十日前。あの後、刑事課の部屋に別の刑事が入って来たので、やり取りはうやむやになった。それ以降、光輔が直央に迫ることはなく、三人は淡々と職務をこなした。しかしこの十日間、直央は悩み続け、ついに昨日、信士に事情を聞こうと決めて半休を取った。

でも、おじいちゃんは「やましいことはない」って言ってた。蓮見さんの話が事実だって証拠もないし。ふとよぎり、直央は気が楽になるのと同時に蓮見に対する怒りが湧いた。が、特別研修の終了と異動の件を思い出し、頭がいっぱいになる。その件を光輔たちに話すか、話すまいか。迷いながら、直央は通用口から署屋に入り、階段で三階に上がった。

三階の廊下を歩きだして間もなく、気配を察知したのか前を行く光輔が振り返った。

「どうかした？」

答えなくてはと直央が焦った矢先、廊下の向こうから刑事課主任の梅林昌治巡査部長が歩いて来た。歳は三十代半ばで、天然パーマのクセの強い髪が印象的だ。直央が挨拶をしようとすると、梅林は言った。

「焼き海苔を食い過ぎるなよ」

「はい？」

とっさに訊き返した直央に梅林はにやりと笑い、廊下を歩いて行った。振り返った架川に「焼き海苔ってなんだ？」と問われたが、直央は「さあ」と首を傾げるしかない。

そのまま廊下を進み、三人で刑事課の部屋に入った。まず気づいたのが、奥の人だかり。刑事課長の矢上慶太警部の机を取り囲むように、十人ほどの刑事とその他の職員が立っている。人だかりの中にいる誰かの話を聞いているらしく、みんなこちらに背中や横顔を向け、笑ったり相づちを打ったりしていた。「なんだ？」と架川が訝しみ、直央と光輔も人だかりを見ながら通路を自分の机に向かう。と、人だかりを離れた一人の刑事が通路を近づいて来た。そして直央とすれ違いざま、

「これ旨いね。ごちそうさま」

と笑い、片手に持った何かを持ち上げた。「はあ」と応えながら確認した何かは齧りかけのせんべいで、千代紙風の正方形の包装紙に入っている。

まさか。はっとして足を止め、直央は人だかりに視線を戻した。その直後、人だかりの脇から矢上がひょいと顔を出した。目が合うなり、

「水木さん、お疲れ……待ち人来たるですよ」

と前半は直央に、後半は人だかりの中の誰かに言う。すると人だかりが真ん中から割れ、誰かの姿が露わになった。ベージュのスカートスーツを着た、小柄な女だ。

「お母さん!?」

「あっ、直央だ。お疲れ様」

にっこりと笑い、真由は顔の横でひらひらと手を振った。小さいが程よく量感のある口の両脇に、えくぼが浮かぶ。驚き混乱しつつ、直央は光輔と架川の脇を抜けて真

由に歩み寄った。

「どうして？　何してるの？」

「決まってるでしょ。娘がお世話になってますって、みなさんにご挨拶してたの。一階をうろうろしてたら、こちらの方が声をかけて下さって」

のんびりと答え、真由は自分の傍らを指す。そこに立つのは、制服姿の三人の女。

「素敵なお母様ね」

そう言って、三人の中の須藤さつきが微笑みかけてきた。歳は四十八の真由と同じぐらいで、小柄小太り。マッシュルームカットでメタルフレームのメガネをかけている。

「すっかり仲良しよ」

須藤の隣に立つ倉間彩子も笑い、「ねえ」と真由と頷き合う。須藤と同年代で髪型も似ているが、痩せていて背が高く、メガネは赤いプラスチックフレームだ。

「美魔女でびっくり。水木さんはお父さん似？」

端に立つ一人、米光麻紀が問う。こちらはまだ二十歳で、愛らしい目鼻立ちで前髪を額に斜めに下ろし、長い髪を頭の後ろで束ねている。

三人とも同じ顔で笑ってるし。怖いんだけど。げんなりしつつ、直央は「はあ」とだけ返す。警務課の須藤と倉間、交通課の米光は署の名物トリオ、通称・桜町三姉妹。

気さくで面倒見もいいのだが、とにかく好奇心旺盛で噂話が大好きだ。何か言おうものなら、あっという間に署中に広まる。

「みんなすっかり、お母さんのファンだよ。差し入れまでいただいちゃって」

そう告げて、矢上も会話に加わった。片手には、中身が三分の二ほど減ったせんべいの紙箱を持っている。

「これ、いつもお母さんが食べてるやつじゃない。差し入れなら、クッキーとかフィナンシェとか、もっとお洒落で可愛いのにすればいいのに」

思わず突っ込んだが、真由は「だってこれ、おいしいじゃない」と平然と答え、人だかりのみんなが笑う。「そうそう。おいしいよ」と頷いてから、矢上が言った。

「いま、お母さんから水木さんの子ども時代の話を聞いてたんだよ。焼き海苔が大好物だったんだって？」

「ちょっと。まさか、またあの話を」

ぎょっとして、直央は真由の顔を覗き込んだ。頭に、さっきの梅林の言葉と笑みが蘇る。

「そうよ。だって本当にびっくりしたんだもの。二歳ぐらいの頃、直央はなぜか焼き海苔を気に入っちゃって、ボーロや赤ちゃんせんべいには見向きもしないで、ぱりぱりぱりぱり。そうしたらウンチが真っ黒になっちゃって、驚いて病院に連れて行ったら『海苔の食べ過ぎです』って言われて。どうやら、棚の中の焼き海苔を全部引っ張り出して——」

「ストップ！　二度も語らなくていいから」

片手を突き出して制止すると真由はきょとんとし、みんながどっと笑う。しまったと直央が思った矢先、後ろでぷっ、と誰かが噴き出した。振り向くと、いつの間に来たのか架川と光輔が立っている。みんなも振り向き、きょとんとしたまま真由も架川たちを見た。表情を引き締め、光輔が真由に会釈する。

「刑事課の蓮見です。直央さんには、いつもお世話になっています」

とたんに「あら！」と声を上げ、真由が進み出て来た。直央を押しのけるようにして光輔たちの前に立ち、話しだす。

「直央の母の真由です。お噂はかねがね。本当にイケメンねえ。お肌もつるつるで、まるで瀬戸物——ってことは、こちらが架川さん？」

光輔の隣の架川をまじまじと見て、真由が問う。架川が「はあ。どうも」と困惑気味に答えると、真由はにっこりと笑ってさらに問うた。

「で、お二人は独身？　お付き合いされてる方は、いらっしゃるのかしら？」

今度は光輔と架川がきょとんとし、直央は慌てて真由の腕を引っ張った。

「ちょっと！」

「痛～い。もう、何よ……さっき聞いたんだけど、刑事課には独身の男性が四人いて――」

「いいから！　お母さん、ちょっと来て」

強い口調で告げ、直央は真由を部屋から連れ出そうとした。が、真由はびくともしない。焦りと恥ずかしさが胸に押し寄せ、直央は真由に囁きかけた。

「もう帰って。みんな仕事中なのよ」

すると真由は「あら。ダメよ」と返し、こう続けた。

「用事が済んでないもん。私だって、仕事でここに来たんだから」

3

矢上の計らいで、応接室に移動した。応接セットのソファに真由と矢上、光輔と架川が座り、その脇に直央が立つ。真由は矢上たちに自分が四谷にある司法書士事務所の所長をしていることを告げて名刺も渡し、話を始めた。

「一週間前に、花宵川で遺体が見つかったでしょう？　結城達治さんっていう、三十九歳の男性」

「それなら私たちは別件の捜査中で、他の刑事が臨場してご遺体も確認したけど。どうかしたの？」

直央が問い返すと、「うん」と頷き真由は答えた。

「結城さんが勤めていた会社は、うちの事務所の顧客なのよ。青桐町にある、愛眠堂っていう寝具メーカー。だから結城さんは知り合いで、元社員だった奥さんの葵さんとも、時々ランチする仲だったの」

「そうだったの。でも、結城さんは一年以上前に愛眠堂を辞めてるわよね。マスコミにも騒がれてたけど、会社のお金を一億円着服して逃亡した」

「そう。あの時も驚いたけど、遺体が見つかったと聞いてショックで。結城さんは事故か自殺で亡くなったの？」

大きな目で直央を見て、真由が訊ねる。上官たちを気にして、直央は「多分」とだけ答えた。矢上は真由の話にふんふんと頷き、光輔と架川は黙っている。「そう」と呟き、真由はこう続けた。

「心配になって、久しぶりに葵さんに電話してみたの。いろいろ話してる途中、葵さんが『夫は殺されたのかもしれない』って言いだして」

「殺された？　殺人ってこと？」

「うん。私もそう訊き返して、詳しく聞こうとしたの。でも葵さんは『私が勝手に思ってるだけだから』って言って、『警察に相談したら？』って勧めても断られちゃった」

眉根を寄せ、真由がトーンダウンする。と、光輔が口を開いた。

「着服の件があるので、躊躇されたんでしょう。金融事件は刑事課ではなく生活安全課の担当ですが、気持ちはわかります」

「すご〜い。葵さんも同じこと言ってた。何でわかるの？」

丸い目をさらに丸くして真由が感心し、光輔は「いやいや」と笑う。すると、架川も口を開いた。

「で、水木さんは葵さんの代わりにここに来たんですか？『ご主人が殺されたのかどうか、私が聞いて来てあげる』とか何とか言って」

「正解！　架川さんもすご〜い……直央、ツイてるじゃない。こんなにできるお二人と組めて」

真由が言い、「その通り」と言うように矢上が首を縦に振る。それぐらい察しが付くし、この二人と組んで、ツイてるどころか大変なことになってるんだけど。そう訴えたかった直央だが、「うん」とだけ返した。

「しかし結城さんは検死で溺死と判明しましたし、ご遺体からは多量のアルコールが検出されています。なので署としては、酒に酔って花宵川に落ちて亡くなったと断定しました。奥様にそうお伝えしたら、『わかりました』とおっしゃっていたんですが」

取りなすように説明したのは、矢上だ。しかし真由は納得がいかない様子で応(こた)えた。

「でも私には『殺されたのかもしれない』と言っていたし、すごく悩んでる様子だったんです。もう一度事件を調べてもらえませんか？　念のため、ダメ元で」

「警察がダメ元で動けるはずないでしょ。お母さん、元警察官よね？」

直央が呆(あき)れると、真由は「そうだけど」と口を尖(とが)らせた。「まあまあ」と笑い、光輔は矢上に向き直った。

「ダメ元はともかく、念のためは大切ですよ。せっかくお母さんにおいでいただいたんだし、結城葵さんの話を聞きましょう」

「う～ん。でもなあ」

「ですよね。すみません」

恐縮し、直央は矢上に頭を下げた。と、架川も言った。

「これといった事件(ヤマ)も抱えてねえし、ヒマこいてるんだからいいじゃないですか」

「ヒマこいてはいないよ！　パトロールとか訓練とか、職務は山ほどあるでしょ」

慌ててそう返した矢上だったが、光輔の笑顔と架川の威圧感、さらに真由にすがるような目を向けられ、根負けしたように息をついた。

「わかったよ。話を聞くだけね」

「やったー！」

顔を輝かせて真由が両手を上げ、直央は「ちょっと」と注意する。光輔と架川が、自分たち親子を見ているのがわかった。

4

直央と光輔、架川は一旦(いったん)刑事課に戻って身支度し、真由も含めた四人で一階に下りた。署屋を出て駐車場に向かい、直央は刑事課のセダンの運転席に乗り込もうとした。と、光輔が、

「僕が運転するから、これに目を通して」

と告げて結城達治の事案の資料を差し出した。「わかりました」と返し、直央は資料を受け取って助手席に着いた。架川と真由も後部座席に乗り込み、光輔はセダンを出した。表通りを走りだして間もなく、真由が口を開いた。

「警察車両に乗るの、久しぶり。相変わらず殺風景だけど、通信系の装備は――えっ。それ、何のボタン?」

そう訊ねながら身を乗り出し、無線機やサイレンの作動スイッチなどが取り付けられたセダンのインパネを覗(のぞ)く。その拍子に脇に押され、架川が顔をしかめる。振り向き、直央はぴしゃりと言った。

「はしゃがない」

「は～い……怒られちゃった」

後半は独り言めかして呟き、真由は後部座席に座り直した。ため息をつき、直央は資料を読み始めた。

一週間前の午前五時過ぎ。花宵川沿いの道を散歩していた老夫婦から、「川に人が浮いている」と通報があった。駆け付けた桜町中央署の警察官が遺体を確認した。引き上げられた遺体は、所持品の財布に入っていた運転免許証から結城達治、三十九歳と判明。同時に結城が住んでいた家は現場から三キロほど離れた雪ノ下町二丁目にあったこと、一億円の業務上横領罪で、一年前から指名手配中であることも判明した。

その後、結城の妻の葵、三十六歳が遺体を確認。検死の結果、肺の性状の所見やプランクトン検査から結城の死因は溺水で、死亡推定時刻は遺体発見前夜の午後九時から十一時頃とわかった。また遺体からは高濃度のアルコールが検出され、殴打痕や首を絞められたことを示す索条痕や扼痕はなかった。さらに結城の遺体は栄養失調状態でアルコール性の肝臓病も発症しており、所持金は五千円足らず。亡くなる前日から、現場にほど近い個室ビデオ店に滞在していたことが明らかになった。

そこで桜町中央署刑事課は、結城は逃亡生活に疲れて馴染みのある場所に戻って来たが、警察に自首する勇気は出ず、深酒。酔って歩いているうちに足を滑らせて川に転落、または自ら飛び込んだと断定した。

資料には写真が添付され、着古したダウンジャケットとジーンズを身につけた結城の遺体や、個室ビデオ店に遺された所持品のリュックサックなどが写っていた。リュックサックの中身はわずかな衣類と洗面用具だけで、スマホなどはなかった。また遺体の顔は頬がこけて無精ヒゲに覆われ、逃亡生活の厳しさが想像できた。

二十分ほどで到着したのは、総合病院だった。真由の話では、結城と葵の間には四歳になる息子の琉果がいて、その琉果がこの病院に入院中だという。

駐車場にセダンを停め、四人で病院の玄関に向かった。真由が「葵さんに事情を説明する」と言うので直央と光輔、架川は玄関の前で待っていた。病院は鉄筋五階建てで三階から上が病棟らしく、白い外壁に等間隔で窓が並んでいる。十五分後、四階の中ほどの窓が開き、真由が顔を出した。直央たちが見上げると、真由は両腕を頭上に掲げ、丸を作って見せた。光輔は笑顔で真由に手を振り、架川は両手をスラックスのポケットに入れて歩きだした。直央たちも続き、三人で病院に入った。

エレベーターで四階に上がり、廊下を進んだ。手前にナースステーションがあり、奥に病室のドアが並んでいる。小児科病棟らしく、廊下の壁には植物や動物のイラストが描かれ、絵本やおもちゃなどが並んだプレイルームもあった。

少し歩くと、病室の一つの前に真由がいた。隣には、白いチュニックと黒いレギンス姿の小柄小太りの女性もいる。

「葵さんです。すごく親切な刑事さんだから大丈夫って言って、説得したの」

隣を示して真由が言い、葵は緊張した様子で「どうも」と会釈をした。

「先日、署でお見かけしました。この度はご愁傷様です」

そう返して光輔が一礼し、直央と架川も倣った。

「そうか。前に会ってるんだ。じゃあ、この子も覚えてる？　噂のうちの娘。直央よ」

さらに真由が言い、葵は細い目を直央に向けた。

「あの時は混乱してたから……はじめまして。お母さんには、お世話になってます」

「桜町中央署の水木です。こちらこそ、お世話になっています」

会釈をした直央だが、心の中では真由に「噂って、どうせ変な話ばっかりでしょ」と文句を言う。五人で廊下の端に寄り、光輔は話し始めた。

「いきさつは真由さんから伺いました。なぜ、ご主人が殺されたと思ったんですか？」

「息子の話を聞いたからです。二週間前から入院しているんですけど、昨日急に『パパが会いに来てくれたんだよ』と言いだしました。夢の話かと思ったら、『パンダの顔のおにぎりを食べた日』だそうです。確認したら、夫が亡くなった日の昼ご飯でした」

「ご主人は息子さんと何か話したんですか？」

「ええ。夫は息子に、『もうどこにも行かない。約束する』と言ったそうです。『ママにも言っておいて』とも。もちろん、信じられなくて看護師さんにも話を聞きました。そうしたら、あの日の午後、私が一度家に帰っている間に夫らしき男の人を見たそうです。服装や無精ヒゲを生やしていたのも、あの日の夫と同じ。何より、夫は必ず約束を守る人なんです。罪を償って、私たちのところに戻って来るつもりだったんじゃないでしょうか。だから、自殺なんてするはずありません。誰かに殺されたとしか」

後半は目を潤ませ、葵は訴えた。その背中に、真由がなだめるように手を添える。

「そうですか」

光輔は穏やかに相づちを打ったが、直央は拍子抜けした。四歳の子どもなら、夢や想像を現実の出来事のように話した可能性が高いし、殺されたという根拠も葵の思い込みに過ぎない。

お母さん。葵さんの話をろくに聞かずに署に来たわね？　呆れるのと同時に光輔たちに後ろめたさも覚え、直央は横目で真由を睨んだ。と、光輔が言った。

「息子さんと話せますか？」

「ええ。どうぞ」

指先で目尻に滲んだ涙を拭い、葵はドアを開けて病室に入った。直央たちも続く。

ベッドが四台並んだ相部屋で、患者がいるのは窓際の一台だけだ。その一台に歩み寄り、葵が言う。

「琉果。この人たちが、パパのお話をしたいんだって」

すると、ベッドに座った琉果が、直央たちを見た。立った耳は父親、細い目は母親に似ていて、寝グセで逆立った髪がパンクロッカーのようだ。ベッドの後ろの壁には、琉果が描いたと思しき絵と写真が貼られていた。その中に家族三人の写真もあり、琉果を抱き上げた結城は遺体とは別人のように健康そうで、笑顔も明るかった。

「こんにちは」

ベッドサイドに立ち、光輔は琉果に微笑みかけた。そしてその顔のまま、隣の直央に「水木さん。話を聞いて」と囁いた。直央は「はい」と応え、緊張しつつ笑みをつくった。

「琉果くん、こんにちは。教えてもらいたいことがあるんだけど、いいかな?」

が、琉果は無言。直央の斜め後ろに立つ架川を凝視している。つられて直央が振り向くと、両手をスラックスのポケットに入れた架川が、仏頂面で琉果を見返していた。その威圧感溢れる姿に琉果が泣きだすのでは、と直央が焦った矢先、架川が口を開いた。

「よう。イカす髪型だな」

今どきイカすって。思わず突っ込み、直央はさらに焦った。が、琉果は楽しそうに笑い、「うん！」と頷いた。子どもからすると、変なおじさん、珍獣って感じ？　場が和んでほっとしつつ直央が頭を巡らせていると、「さっさと話を聞け」とでも言うように、架川に軽く脚を蹴られた。慌てて、直央は質問を始めた。

「パパは、もうどこにも行かないって約束する、ママにも言っておいてと言ったの？」

「うん」

「他には何か言わなかった？」

すると琉果は首をふるふると横に振り、「言わなかった」と答えた。

「じゃあ、パパは笑ってた？　それとも悲しそうだった？」

「泣いてたけど、最後に笑ったよ」

琉果はテンポよく答えたが、直央は少し切なくなり、「そう」と返してさらに質問した。

「パパはどこかに行くと言ってなかった？　あと、パパから何かもらったりした？」

「ううん。バイバイして、いなくなっちゃった」

明るく告げ、琉果は小さな指でドアを指した。続けていくつか訊ねたが、琉果の答えは「わからない」だった。質問を切り上げ、直央たちは琉果に礼を言ってドアに向かった。

「二週間前から入院とおっしゃいましたが、琉果くんは病気なんですか？」

五人で廊下に出ると、光輔は訊ねた。「いえ」と言い、葵はこう答えた。

「定期的な検査入院です。二年前の春にあちこち悪くなって、病院を何軒も廻ったんですけど原因がわからなくて。もうダメかと思った時に、アメリカの病院なら治療できるかもと聞きました。で、向こうで診ていただいたら、すっかり元気になりました」

「なるほど。しかしアメリカとなると、治療費はもちろん渡航費や滞在費など、かなりお金がかかりますよね。ひょっとして、ご主人が会社から着服したお金を使ったんですか？」

気遣うように声のトーンを落としつつ、強い目で葵を見て光輔は訊ねた。一瞬顔を強ばらせた葵だったが、すぐに頷いた。

「はい。でも夫は『借金とカンパだ』と言っていたので、そんなお金だとは知りませんでした。申し訳ないと思っていますし、どれだけかかっても私が働いて返すつもりです」

「わかりました。ありがとうございます」

丁寧に頭を下げ、光輔は廊下を歩きだした。直央と架川が後に続くと、真由は「私はここに残るね」と告げて葵に歩み寄った。

廊下を戻り、光輔はナースステーションの前で立ち止まった。カウンターの向こうでは、看護師たちが忙しそうに働いている。光輔はカウンターに歩み寄り、警察手帳を手に呼びかけた。

「すみません。桜町中央署の者ですが、結城琉果くんの担当の方はいらっしゃいますか？」

と、ワゴンに載せたノートパソコンを弄っていた看護師が、「はい」と顔を上げた。三十代前半ぐらいの、メガネをかけた女性だ。歩み寄って来たので胸の名札を確認すると、麻生里香と書かれていた。会釈して、光輔は質問を始めた。

「お仕事中にすみません。約一週間前に琉果くんのお父さんを見かけたというのは、あなたですか？」

「ええ」

「何時頃、どちらで？」

「面会時間が始まってすぐだから、午後一時頃です。廊下を歩いていたら、向かい側から来たお父さんが、琉果くんの病室に入って行きました」

光輔の肩越しに廊下を指し、麻生は説明した。「本当に琉果くんの父親だったか？」と架川が問うと、麻生は「ええ」と即答した。

「琉果くんはもともとうちの患者さんで、ご両親とも長いお付き合いですから。一週間前に見た時はずいぶん様子が変わっていましたけど、間違いないです」

「なるほど」

光輔は返し、何か考えるような顔をした。直央がその横顔に見入ると光輔は視線を麻生に戻し、

「わかりました。お仕事中、お邪魔しました」

と言って微笑んだ。

5

総合病院を出たのは、午後四時前だった。セダンの運転席に座り、直央は光輔たちに真由の適当さを詫びようとした。が、一瞬早く光輔に「遺体の発見現場に行こう」と告げられ、セダンを出した。

現場に着く頃には、日が暮れかけていた。気温も低く、直央はパンツスーツの上にベージュのコートを着て通りの端に停めたセダンを降りた。

花宵川は表通りから一本入った、狭い裏道沿いに流れていた。川の両岸と底はコンクリートで固められ、幅は狭いが深さは二メートルほどあり、流れもそこそこ速い。

現場は裏道の手前で、老夫婦は川の両岸に設置された金網フェンス越しに、水の中に仰向けで浮いている結城を見つけた。現場の前で立ち止まり、直央たちも古びてサビ

だらけの金網フェンス越しに濁った川面を眺めた。足下には仏花が供えられているが、既に枯れていた。ここは繁華街と住宅街の境で、明るいうちは通勤通学や散歩の人が行き交う。しかし片側を街路樹、もう片方を金網フェンスに囲まれて街灯も少ないため、暗くなるとぐんと人通りが減る。

「ここって防犯カメラも設置されていないし、不審者の目撃情報が多いんですよね」

周囲を見回し、直央は言った。「ああ」と架川が頷く。

「この金網フェンス。高さが一五〇センチぐらいですよね。結城の身長は一六八センチだし、いくら酔ってふらついていたとしても、これを越えて転落したというのは不自然じゃないですか？」

「自分で金網フェンスをよじ登って飛び込んだか、あそこから落ちて流されたと断定されてる」

そう告げて、光輔は裏道を数歩進んで前方を指した。花宵川を五十メートルほど溯ったところに、小さな橋がある。事件資料に載っていたので覚えているが橋は古く、鉄柵の高さは一メートルほどしかない。

光輔の隣に行き、直央もオレンジ色の街灯に照らされた橋に目を向けた。しかし光輔はすぐに「でも、事故とは考えにくいね」と撤回し、こう続けた。

「今の川の水深と流れは、一昨日の大雨のせいだ。結城の遺体が発見された一週間前は晴天続きで水深は今よりずっと浅く、流れはゆるやかだったはずだ。人は浅瀬でも溺れるけど、ここまで流される可能性は低い」

ここに来る車中で調べたのか。いつもながら仕事が速いな。直央は感心する。しかし、結城はどうやって川に？　という疑問が湧き、光輔に投げかけようとした矢先、

「おい。見てみろ」

と声がした。光輔と一緒に後ろを振り向くと、架川が現場の前に立っていた。顔を突き出し、金網フェンスの間に等間隔で設置された鉄製の柱を眺めている。金網フェンスの幅は二メートルほど。鉄製の柱に取り付けられた金具で、隣の一枚と連結されている。

「どうしたんですか？」

そう光輔が問いかけた時、架川は現場の前の金網フェンスを両手で摑み、前後に揺らした。直央たちが止める間もなく、がたっと音がして金網フェンスは外れた。

「金具が壊れてる。しかも、壊れたのはかなり前だ」

金網フェンスの下部を地面に下ろし、架川も直央たちを見た。光輔がその隣に行き、身をかがめて金網フェンスの金具部分を眺める。

「確かに」

また何か考えるような顔をして頷き、光輔は体を起こした。

6

桜町中央署に戻り、矢上に葵と琉果、看護師の麻生から聞いた話を報告した。すると矢上は、

「子どもの言うことはあてにならないし、特異な形で身内を亡くした人は自分を納得させようと極端なことを言うからね。看護師さんだって、別の人と見間違えたのかもしれない」

とコメントし、首を傾げた。予想通りの反応だったらしく、光輔は「ええ」と頷いて手にした書類を矢上が着いた机の上に置いた。

「病院の防犯カメラを確認させてもらいました。遺体が発見された前日の午後一時過ぎですが、確かに結城の姿が映っています」

そう告げて、光輔は書類を指した。一枚は病院の玄関で、もう一枚は四階の小児科病棟の廊下に設置された防犯カメラの映像だ。モノクロで画質も粗いが、行き交う人の中に見覚えのあるダウンジャケットとジーンズを身につけた男が映り込んでいる。老眼なのか、矢上は書類を顔から遠ざけて眺め、光輔はさらに言った。

「しかも、結城には変装したり、顔を隠したりする様子はありません。琉果くんに告

げた言葉といい、結城は何らかの決意を持って逃亡先から戻ったのではないでしょうか」

「まあね。でも、死の決意って可能性もあるよ」

「僕もそう思いました。しかし改めて現場を確認したところ、不審点が見つかりました」

「どんな？」

「花宵川の両岸には金網フェンスが設置されていますが、現場前の箇所は……どうぞ」

振り向いて促し、光輔は後ろに下がった。「おう」と応え、架川が矢上の机の前に進み出る。

手柄は横取りしないってことか。好ましく思いかけた直央だが、光輔には十日前、この部屋で敵のスパイ呼ばわりされ、怒りに満ちた眼差しを向けられている。腹が立つのと同時に恐怖も蘇り、直央は軽く鳥肌が立つのを感じた。

「現場前の金網フェンスは、金具が劣化していて力を加えると外れます。結城は金網フェンスに寄りかかるか、ぶつかるかして川に落ちたのかもしれません。だがその場合、誰がどうやって外れた金網フェンスを元に戻したのかがわからねえ」

最後はタメ口になり、架川は説明した。口調はぶっきらぼうだが、その声は直央を落ち着かせた。十日前の出来事では架川は光輔をたしなめ、直央を気遣ってくれた。

架川さんがいるから、私は平静を保っていられるのかも。そう思う一方、それすら光輔の狙いなのかもと考えると、何を信じていいのかわからなくなる。

と、矢上は書類を机に戻し、「う〜ん」と言ってまた首を傾げた。架川の隣に行き、光輔は告げた。

「このままだと、結城の一億円着服事件は被疑者死亡のまま送検となります。しかし、後で裏に何かあったと判明した場合——」

「責任を問われるのは刑事課（うち）だよねえ。それは何が何でも避けたいよねえ」

たちまち困り顔になって言い、矢上はまた「う〜ん」と唸（うな）って俯（うつむ）いた。そして一瞬の間ののち顔を上げ、意を決したように言った。

「調べてみるか……水木さん、みんなを集めて。それと、生活安全課（セイアン）に話を通しておくから、一億円着服事件の詳細を確認」

「はい」

直央と光輔が同時に応え、架川は小さく鼻を鳴らして両手をスラックスのポケットに入れた。

矢上は机上の電話を取って話し始め、直央は小走りで自分の机に向かった。席について電話に手を伸ばそうとすると、後ろの通路を光輔と架川が通りかかった。ふと胸をよぎるものがあり、直央は手を止めて振り向いた。

「うちの母のせいで、すみません」

「謝るこっちゃねえだろ。事件は事件だ」

立ち止まって直央を見下ろし、架川が返す。後ろの光輔も立ち止まった。

「それはそうなんですけど、タイミング的にちょっと」

「デカにタイミングなんてもんはねえ。犯罪が起きたら捜査する。それだけだ……お前のお袋さん、トンチンカンで面白いしな」

後半はからかうように言い、架川が笑う。「トンチンカンって」と脱力した直央だが、目が勝手に動いて光輔を見る。すると光輔も直央を見て、にっこりと笑った。

「架川さんの言うとおりだよ。それはそれ」

ウソばっかり。心の中で言い返し、怒りも湧いた直央だが矢上の手前もあり、「そうですね」と返す。つられて笑顔になってしまい、そんな自分に苛立ちを覚えた。

7

帰宅は午後十一時を過ぎていたが、真由は起きていた。直央がドアを開けてリビングダイニングキッチンに入ると真由は、

「お帰り。遅かったね」

と声をかけ、奥のソファから立ち上がった。もこもことした生地の卵色のパジャマ姿で、片手で小型の粘着カーペットクリーナーの柄を握っている。

「ただいま……コロコロ、またやってたの？」

顎で粘着カーペットクリーナーを指して問いかけ、直央はキッチンの脇を抜けてダイニングテーブルに歩み寄った。フローリングの床にトートバッグを置き、椅子を引いて座るとどっと疲れを感じた。真由もテーブルに歩み寄り、直央の向かいに座る。

「うん。意外とストレス解消になるのよ……これ、何の毛だと思う？」

そう問い返し、真由はクリーナーのテープ部分を突き出した。薄茶色の繊維がびっしりと付着したテープを見返し、直央は答えた。

「お母さんのカピバラでしょ。コロコロをやりすぎて、生地が毛羽立ってるわよ」

「うそ⁉」

丸い目を見開き、真由はクリーナーをテーブルに置いて身をかがめた。その両足には、甲の部分がカピバラの顔になったルームシューズを履いている。直央が「ご飯を食べるテーブルに置かないでよ」と注意すると、真由は「あ、そうか」と体を起こしてクリーナーを持ち上げた。そして思い出したように、

「直央。晩ご飯は？」

と訊ねた。ため息をつき、直央は腰を浮かせてコートを脱いだ。

「食べてきた……あ、結城さんの事件。明日から捜査することになったから」

真由は「本当？　よかった～」と息をつき、直央に向き直って訊ねた。

「で、やっぱり結城さんは殺されたの？」

「ノーコメント。守秘義務がありますから」

きっぱりと返すと、真由は「なによ。つまんないの」と口を尖らせた。呆れつつ面倒臭いので、直央は立ち上がり、廊下に出て自分の部屋に向かった。

東京都世田谷区の西端にあるこのマンションで、直央は生まれ育った。父親の輝幸は十五年前に病死し、以後は真由と二人暮らしだ。四十八歳の真由は事務方の警察官だったが退職し、輝幸が所長をしていた司法書士事務所を引き継いだ。

部屋にコートとトートバッグを置き、洗面所で手洗いとうがいをしてリビングに戻った。真由はクリーナーを片付け、ポテトサラダを肴に缶ビールを飲んでいた。もぐもぐと口を動かしながら「直央も飲むでしょ？」と訊ね、もう一本の缶ビールの蓋を開ける。

「返事をする前に蓋を開けてるし。まあ、飲むけど」

突っ込みながら答え、直央は椅子に座って缶ビールを手に取った。ビールで口の中のものを流し込み、真由は言った。

「でも、よかった。卒配でいきなり刑事課って聞いて驚いたけど、桜町中央署はいい職場じゃない」

「まあね」

その卒配、ひいては警視庁に入れたこと自体が怪しいんだけど。心の中で呟き、直央の頭に今朝の信士とのやり取りが蘇る。一方で、真由は直央のことも心配で署を訪ねて来たのかと悟り、ありがたく思った。

「課長さんも事務職員の方も親切だし、指導員はやり手だし……とくに架川さん。ステキよねえ。見た目はキテレツだけど渋いし、我が道を行くって感じで」

キテレツか。架川さんはお母さんを、トンチンカンって言ってたな。まあ、どっちもどっちってことか。直央が分析していると、真由はさらに言った。

「あとは、蓮見さん」

来た。どうせイケメンだとか、付き合えとか言うんでしょ。そうよぎり、直央は身構える。缶ビールをテーブルに置き、考えるような顔をしてから真由はこう続けた。

「ひょっとして、あの人の親御さんも警察官？」

「さあ。なんで？」

予想外の発言に戸惑い、直央は問い返した。真由が答える。

「警察って、親やきょうだいも警察官って人が多いじゃない？　だからそういう人って、何となくわかるのよ」

「そうなの？　私は全然わからないけど」

「そりゃそうよ。直央だって、警察官の子だもん」

そう言って笑い、真由は自分を指した。まず「元警察官でしょ」と訂正してから、
直央は頭を巡らせた。

「どうかなあ。蓮見さんはプライベートなことは全然話さないし、私も訊かないから。でも、加古川出身で前は兵庫県警にいて、再採用で警視庁に入ったらしいわよ」

「あら、そうだったの」

「うん。何となくってどんな感じ？」

直央の問いかけに「え〜っ。何となくは何となくよ」と返した真由だったが、考えるような顔をしてから答え直した。

「そうね。強いて言うなら、迷いがなくてひたむきなんだけど、そのぶん頑な、みたいな感じ？」

「ふうん」

当たっているような、いないような。そう思い引っかかるものも覚えた直央だが、それが何かはわからない。

「警察官の子か」

直央は呟き、真由の視線を感じながらビールを飲んだ。

それから間もなく真由が寝て、直央も入浴して自分の部屋に引き上げた。六畳の部屋には、シングルベッドと勉強机、本棚が詰め込まれている。このところ忙しいので衣類や書類が散らかっているが、もともと片付けは苦手なので気にならない。

一旦はベッドに入った直央だが眠れず、起き上がって壁際の勉強机に着いた。机上のノートパソコンの電源を入れてブラウザを立ち上げる。何を調べようかと思案すると、記憶が蘇った。二週間ほど前に岡光大志の事件を捜査した際、半グレ集団フィストのリーダー・永瀬良友と会ったのだ。

確かフィストは、日星エステートとかいう不動産業者の三田雅暢って男の仲立ちで、暴力団・鷲見組と手を組んだのよね。

両手をキーボードに乗せ、検索エンジンの検索語入力欄に「フィスト　半グレ」と打ち込んでエンターキーを押した。たちまち週刊誌、ゴシップ誌、SNSとすごい数の検索結果が表示された。ざっと目を通すと、フィストの成り立ちや関わっていると噂される犯罪、永瀬の経歴などが書かれていたが、鷲見組との関係について触れているものはなかった。

捜査情報だし、当たり前か。そうよぎり眠気も湧いたが諦められず、直央は言葉を換えて検索を続けた。

「あれ」

そう声が出たのは、十分後。液晶ディスプレイには、企業の合併吸収の情報サイトが表示されている。トップページには「Ｍ＆Ａ速報」とあり、二カ月前の情報に「フィスト、琉球フィールを買収」とあった。ページを開くと、「株式会社フィスト（本社：東京都港区　代表取締役社長：永瀬良友）が、化粧品・健康食品販売の株式会社琉球フィール（本社：沖縄県那覇市　代表取締役社長：金城友理奈）の全株式を取得した」という短い記述があった。続けて琉球フィールを検索した結果、沖縄の海洋深層水やハーブなどを原料とした化粧品やサプリメントを販売する会社らしい。

岡光の事件の時、架川さんはフィストは表向きはカタギの会社で、シノギは飲食店やエステサロンの経営って話してた。でも、タイミング的に気になるな。そう思い、直央は今度は琉球フィールの石けんや化粧水などの商品名で検索した。すると、「ラブリーＴＯＫＹＯ」という麻布十番にあるエステティックサロンの公式サイトがヒットし、ページを開くと、サロンで琉球フィールの商品を使った施術を始めたという告知が見つかった。

麻布十番のある港区はフィストのシマだわ。テンションが上がり、直央は身を乗り出してラブリーＴＯＫＹＯの公式サイトを見た。

8

翌朝から、桜町中央署刑事課は結城達治の溺死事件の再捜査を開始した。刑事たちは各班に分かれ、地取りこと事件現場周辺の聞き込み、鑑取りこと被害者の交友関係の聞き込みに向かった。直央、光輔、架川の架川班に割り振られたのは、結城の勤め先だった愛眠堂だ。

午前十時。直央たちは青桐町にある、愛眠堂の本社にいた。鉄筋五階建ての小さいながらも自社ビルで、一階は自社製品を販売する店になっている。直央は受付の女性に来訪の意図を告げる光輔の後ろに立ち、隣の店を眺めた。

平日の午前中だがセール中らしく、四、五人の女性客が展示された枕を眺めたり、店員に首のカーブを測ってもらったりしている。今朝の捜査会議で配られた資料によると、愛眠堂の社員は約百名。人気アニメとコラボした抱き枕や、使う人の体形に合わせたベッドマットや敷き布団、枕が人気で、とくにオーダーメイドのものはベッドマットで三十万円、枕で五万円近くするが、完成まで三カ月待ちの人気だという。

受付カウンターの上の電話で誰かと話していた女性が受話器を置き、「ただいま森上が参ります」と光輔に告げた。と、受付カウンターの傍らにあるエレベーターホールでチャイムが鳴り、エレベーターのドアが開いた。

「お待たせしました」

そう告げてエレベーターを降り、直央たちに駆け寄って来たのは小柄小太りの男。愛眠堂の社長・森上航、五十四歳だ。スラックスにネクタイを締めたワイシャツ姿で、その上にベージュの作業服を着ている。

「桜町中央署の蓮見です。こちらは架川と水木。わざわざ申し訳ありません」

直央と架川を指し、光輔が一礼する。すると森上は、

「とんでもない。この度は、うちの結城がご迷惑をおかけしました」

と恐縮して一礼した。そして「どうぞ」と直央たちを促し、エレベーターホールに戻った。四人でエレベーターに乗り、二階に上がる。森上の後に付いて廊下を進むと、並ぶドアの奥にパソコンが載った机や、忙しそうに働く社員たちの姿が見えた。

廊下の奥に、社長室があった。森下がドアを開けて室内に入り、直央たちも続いた。窓の前に大きな机、その手前に応接セットというよくあるつくりだ。

「結城の元上司の八田も、すぐに参ります。どうぞおかけ下さい」

そう言って森上は直央たちにソファを勧め、自分も向かいの一脚に座った。制服姿の女性がお茶を出して出て行くと、光輔は話し始めた。

「結城さんの遺体が発見されたのは、ご存じですか？」

「ええ。生活安全課の刑事さんに伺いました」

丸い顔を曇らせ、森上が頷く。白いものが交じった髪を短く刈り込んでいる。光輔はさらに訊ねた。

「結城さんは、こちらの経理部にいらしたんですよね？」

「はい。経理部といっても中小企業ですから、結城と部長の八田、事務の女性の三人だけでしたが」

「結城さんはどんな社員でしたか？」

続けて光輔が問うと、森上は即答した。

「非常に優秀で、信頼できる社員でした。もとは営業にいて、二年前の秋に経理に異動しました。息子さんの病気で大変そうでしたが、仕事には真面目に取り組んでいたんです。ですから、あの事件はショックで」

「そうですか。結城さんは商品のベッドマットレスや枕を架空のセールで定価から値引きしたように偽装し、実際の売り上げ金との差額を自分の銀行口座にプールした。その行為は経理部に異動後間もなくから一年近く続き、金額は一億円にも及んだ……間違いありませんか？」

光輔は滑舌よく語り、森上が「はい」と頷く。

「中国に新しい工場を開設したので、ここ数年私は現地とこちらを行き来していました。すると去年の十月に別部署の社員から、『経理が不正をしているという噂がある』と聞かされ、八田に確認して事態が発覚したんです。結城は『息子の治療でお金が必要だった』と泣いて土下座しましたが、警察に通報するしかないと判断しました。しかし結城が『最後に家族と過ごしたい。明日の朝、警察に行く』と言うので、つい承諾してしまって」

一気に語り、森上は息をついてうなだれた。その姿を見返し、光輔が告げる。

「しかし翌朝、結城さんは警察に出頭せず、家族に『出張に行く』と告げて逃走した。その後、結城さんから連絡は？」

森上は顔を上げ、首を大きく横に振った。

「ありません」

「わかりました。確認までに伺いますが、九日前の午後九時から十一時頃はどうされていましたか？」

薄く微笑んで光輔は問い、森上は少し考えるような顔をしてから答えた。

「九日前というと、結城が亡くなった晩ですね。出張で、部下二人と福岡に行っていました。翌朝帰京して出社したら、事件を聞きつけたマスコミが集まっていて大変でした」

「なるほど」

微笑みをキープして光輔が相づちを打った時、ノックの音がした。森上が「どうぞ」と返すとドアが開き、スーツ姿の男が社長室に入って来た。

「遅くなりました。八田昇一と申します」

ソファに歩み寄り、八田は会釈をした。捜査資料によると、歳は四十四。中肉中背で面長、流行のフレームの丸いメガネをかけている。

「いえ。お仕事中に恐縮です」

腰を浮かせて光輔も会釈し、ソファの脇に立った直央も倣った。光輔の隣の架川は、自分の向かいに座る八田を見ている。

「八田さんは、結城さんの上司だったんですよね？」

ソファに座り直し、光輔が質問を始めた。「ええ」と八田が頷く。

「結城さんに経理のノウハウを教えたのはあなたで、仕事の監督もしていた。失礼ですが、なぜ結城さんの不正に気づかなかったんでしょう？」

遠慮がちながらもはっきり問われ、八田は「他の刑事さんに何度も説明しましたが」と前置きしてから答えた。

「結城が入出金管理や帳簿記帳、給与計算などの経理、僕が予算編成や資金調達の財務と業務分担していたからです。もちろん、帳簿や決算書はチェックしていましたが、多忙だったのと、結城に限ってという気持ちがありました。それが甘かったということでしょう」

最後のワンフレーズはふて腐れ気味のニュアンスで言い、八田は額にかかった前髪を払った。「いえいえ」と光輔がフォローを入れ、森上は厳しい顔でローテーブルの上の湯飲み茶碗を取ってお茶を飲んだ。セイアンの捜査員の話では着服事件の後、八田は経理部から総務部に異動になったらしい。と、架川が口を開いた。

「事件前、結城に変わった様子は？　誰かと会ったり、不審な電話があったりしなかったか？」

「特には。息子さんのことで悩みながらも、仕事は真面目にしていました。それですっかりだまされたんですけどね」

八田が冷ややかに答え、その顔を森上が眉をひそめて見る。架川が黙り、代わりに光輔が返した。

「わかりました。九日前の午後九時から十一時まで、どこで何をされていましたか？」

怪訝そうな顔をした八田だったが、光輔が「結城さんの遺体が発見される前の晩です」と付け加えると、「ああ」と頷いた。また前髪に手をやり、答える。

「午後七時頃から、野見山という同僚と駅前の居酒屋で飲んでいました。店を出たのは午後十時前で、タクシーで帰宅しました」

「ありがとうございました……水木さんから何かない？」

微笑みとともに光輔が直央を見上げ、八田と森上の視線も動く。そう振られるだろうと思っていたので、直央は「はい」と返して向かいを見た。

「どうして作業服を着てらっしゃるんですか？　他の方はスーツか制服ですよね」

手のひらで森上の作業服を指して訊ねた。糊の効いた作業服の左胸には、「愛眠堂」の社名が刺繍されている。一瞬きょとんとしてから笑い、森上は答えた。

「ああ、これね……うちは私の父が、商店街の小さな寝具店から始めたんです。その頃の制服がこれで、習慣っていうか、スーツだと落ち着かなくてね」

そう語りながら、森上は指の上にかかっていた作業服の袖口をたくし上げた。納得し、直央は「そうだったんですか」と頷く。光輔は再度「ありがとうございました」と言い、架川とともに席を立った。と、真顔に戻って森上が訊ねた。

「結城の件はどうなるんですか？」

「着服については、お金の用途も判明していますし、捜査終了になると思います。溺死については所定の確認作業中です。またお話を伺うかもしれませんので、よろしくお願いします」

朗らかかつ丁寧に説明し、光輔は会釈した。森上は気が抜けたような顔で「そうですか」と応え、八田はジャケットのポケットから出したスマホを見ている。

その後、直央たちは社長室を出た。着服事件が起きた当時経理部で事務をしていた女性社員や結城と親しかった社員、また野見山という総務部の社員にも会い、九日前の八田のアリバイも確認した。鑑取りを終えたのは午後二時前で、三人で愛眠堂のビルを出て通りの端に停めたセダンに向かった。ドアを開けてセダンの後部座席に乗り込むと、架川が言った。

「捜査資料とセイアンの話し通りだったな」

「ええ。結城さんに同情的な社員が多かったのは意外でした。事件の前は、真面目に働いていたんですね。『奥さんと息子さんのこれからが心配』って言う人もいたし。でも、八田さんは根に持ってる感じでしたよね。面倒を見てあげた部下に裏切られたんだから、当然ですけど」

エンジンをかけてセダンを出しながら、直央も言う。架川が後部座席の窓枠に片肘(かたひじ)を乗せながら「ああ」と返し、直央はこう続けた。

「反対に、森上さんは結城さんを憎みきれないって感じ。とっくに解雇したのに、『うちの結城が』と言っていましたよね？　創業当時の作業服を着続けてるところといい、面倒見のいい職人気質(かたぎ)の社長なんでしょうね」

「へえ」

そう言ったのは、光輔だ。直央がハンドルを握りながら隣を見ると、光輔は無表情に前を向いている。直央は問うた。

「なんですか？」

「別に。水木さんは、あの二人をそんな風に感じたんだと思って」

「違うんですか？　だったらそう言って下さい」

「なんで？　感想に正しいも間違いもないでしょ」

あっさりと返され、直央は怒りを覚えた。言い返そうとした矢先、

「そこまでだ。水木、運転に集中しろ。蓮見は次の手を考えるんだ」

と架川が割って入ってきた。仕方なく、直央は「はい」と返して視線を前に戻し、光輔は「わかってますよ」と応えて横を向いた。


三人で桜町中央署に戻ると、間もなく捜査会議が始まった。刑事たちがそれぞれの捜査結果を報告し、生前の結城の足取りが判明した。

防犯カメラの映像によると、結城は亡くなる前日の午後、高速バスで群馬県の前橋(まえばし)市から帰京していた。群馬県警に捜査協力を仰ぎ確認中だが、ここひと月ほどは県内を転々としながら身分証の呈示を求められない日雇いの仕事をし、簡易宿泊所や個室ビデオ店に寝泊まりしていたらしい。それ以前の約一年も、捜査の目をかいくぐりながら他の場所で似たような生活を送っていたのではないかというのが、担当班の刑事の読みだ。

　また、結城は逃亡中、現金を引き出しておらず、妻の葵や他の誰かにお金を振り込んだり、振り込まれたりされた形跡もなかったという。さらに亡くなった日の結城の足取りを追った刑事は「結城は午前八時前に個室ビデオ店を出て、コンビニで弁当とペットボトルの緑茶を購入。その後は公園や河原で過ごし、かつて家族と暮らしていた家の近くをうろついてから、午後一時過ぎに息子の琉果が入院中の病院に入った。以後の足取りは不明だが、個室ビデオ店とコンビニの店員の証言及び防犯カメラの映像では、結城が顔を隠したり、警察の追跡を気にしたりするそぶりはなかった」と話した。

9

　ふがっ、という自分のいびきで、直央は目覚めた。視界に板張りの天井と派手なシャンデリアが映り、今どこにいるかに気づく。と、

「お目覚めですか？」

　と声をかけられた。顔を上げ、若い女が、ベッドに横たわった直央の腰の右脇を両手でマッサージしている。

「すみません。気持ちがよくて寝ちゃいました」

「いえいえ。そういうお客様は多いです……水木様、何かスポーツをされていますか？　お腹周りに、ほとんどセルライトが付いていませんよ」

マッサージをやめて両手に付いたオイルをタオルで拭き、若い女は微笑んだ。長い髪をアップに結い、ラベンダー色のカットソーとパンツのユニフォームを着ている。カットソーの左胸には「LOVELY TOKYO」の刺繍が入っている。セルライトって脂肪だっけ？　そう思いながら直央が礼を言おうとすると、若い女はこう続けた。

「でも、お顔の方が少し……こちらは、先ほど撮影させていただいた水木様のUV写真です。お肌の状態はとてもいいんですが、深部にメラニン色素が蓄積されています。いわゆる隠れジミですね」

傍らのワゴンから取った写真を掲げ、若い女は語った。薄青色の写真は直央の顔のアップで、確かに閉じた両目の脇に複数の点々がある。

「えっ。これ全部、将来シミになるんですか？」

驚き、直央は上半身を起こした。その拍子に裸の胸にかけたタオルが落ちそうになり、両手で押さえる。頷き、若い女は答えた。

「多分。最近、長時間紫外線に当たりませんでしたか？」

「当たりました。ものすごく当たりました」

手渡された写真を食い入るように見て、直央は首を大きく縦に振った。頭には、警察学校の初任補修科での訓練や、桜町中央署刑事課での聞き込みなどのシーンが浮かぶ。

「外のお仕事ですか？　営業とか」

口調を少し砕けさせて若い女は問い、直央は「ええまあ」と曖昧に答えながら気持ちを引き締めた。

捜査会議が終わったのが、午後六時過ぎ。光輔と架川は「もう一度結城の遺体が発見された現場を見に行く」と言ったが、直央は「歯医者の予約があるので」と伝えて桜町中央署を出た。そして電車を乗り継ぎ、麻布十番のエステサロン「ラブリーTOKYO」に来た。昨夜公式サイトを見た時に八千五百円で受けられる体験コースがあるのを見つけ、予約したのだ。やって来た店は雑居ビルの三階で、ラタンのインテリアに熱帯植物の鉢植え、立ち込めるお香のかおりというリゾートテイスト。スタッフは五人ほどで、施術室は三つ。サロンとしては小規模で、料金はフェイシャルで一回二万円から、痩身で一回二万五千円からと平均的だ。

若い女に促され、姿勢をうつ伏せに変えてベッドに横たわりながら直央は問うた。

「このサロンは、琉球フィールの製品を使ってるんですよね？　大ファンなので体験コースを予約しました」

「そうだったんですか。化粧水やシャンプー、アロマオイルが琉球フィールのものです」

「ここでしか買えない石けんやバスソルトもあるんですよね」

弾んだ声をつくり、直央はさらに問うた。腕を前に伸ばして横たわり、片頬を枕代わりの折りたたんだタオルに乗せている。直央の背中をマッサージしながら、若い女が笑う。

「よくご存じですね」

「でも、琉球フィールって知る人ぞ知るって感じで、コスメメーカーとしてはマイナーじゃないですか。こんなにお洒落なサロンが、どうして？」

テンションを維持し、何も考えていないフリで訊ねる。「う～ん」と首を傾げる気配があり、女は答えた。

「詳しいことはちょっと。でも、うちのオーナーは小さくてもいいものをつくってるメーカーさんはチェックしていますよ」

「オーナーさんって、女性ですか？」

鼓動が速まるのを感じながら、直央は畳みかけた。

「男性です。まだ二十代らしいですよ」

恐らく、フィストの永瀬良友のことだ。そう察するとますます鼓動が速まり、直央は「すご～い！」と声を上げた。

「青年実業家ってやつ？　カッコいい。どんな人ですか？　今、ここにいたりします？」

「いえ。オーナーはサロンにはほとんど来ないので、私も会ったことないんですよ。永瀬さんっていうらしいんですけど」

　申し訳なさそうに、若い女が返す。当たりだ。次は何を聞きだそうかと直央が逡巡（しゅんじゅん）していると、若い女が話題を変えた。

「次回の予約はどうなさいますか？　二回目以降の施術を受けるには、うちの会員になっていただく必要があるんですが、今なら二万円の入会金が無料になります。それと、一回六十分二万八千円の全身痩身コースがキャンペーン中です。十回分のチケットを購入していただくと一回分が無料になって、琉球フィールのミニコスメセットも付きます」

　直央の背中で両手をリズミカルに動かしながら、滑舌よく語る。出たな、勧誘。そう閃（ひらめ）き、直央は身構える。ネットなどでリサーチしたところ、エステサロンには施術のチケットやコースの契約の勧誘が付きものらしい。中には脅迫まがいのセールスをしたり、チケットを買ったはいいが全然予約が取れないなどの悪徳サロンもあって、トラブルになっているそうだ。

「ミニコスメ？　欲しいな～」と調子を合わせてから、直央はきっぱりと返した。

「でも、ちょっと考えます」

さあ、この後どう出るか。勧誘に違法行為があれば、フィストに切り込めるかも。

そう考え、直央は背後の気配に神経を集中した。が、若い女は手を止めず、

「そうですか。わかりました」

とあっさり答えた。拍子抜けして、直央は首を後ろに回して語りかけた。

「すみません。スタッフさんには、ノルマとかあるんですよね」

「いえ。うちはノルマなしなんですよ。エステサロンはお客様との絆が第一。勧誘に費やす時間があれば施術に集中すべきというのが、オーナーの考えなので」

「へえ」

直央の頭に、永瀬良友の姿が蘇る。六本木の高級ホテルのスイートルームで暮らし、茶髪のソフトモヒカンに白いシャツと黒いスラックス。同時にあの時聞いた架川の「フィストの売りは、絆」という言葉も蘇った。

「水木様。本当にお肌が綺麗ですね。張りも肌理も完璧。よければ、うちのモデルになってもらえませんか？」

今度は若い女が声を弾ませ、直央の顔を覗いた。驚き、直央は首を横に振った。

「いえ、そんな」

「モデルといっても、エステモデルです。施術の体験モニターや、エステティシャンの練習モデルになっていただきます。時給は千五百円から二千五百円ぐらい。施術を受けて綺麗になれてお小遣い稼ぎもできちゃうので、お勧めですよ」

「そんなのあるんだ。いいですね」

つい感心すると、若い女は目を輝かせて頷いた。

「そうなんですよ。エステモデルのエージェントは、こちらでご紹介します」

「なるほど」

相づちを打ちつつ、直央は背中の手がいつの間にか止まっているのに気づいた。

「はい」と応え、女はにっこり笑ってまた頷いた。

10

体験コースを終え、午後八時過ぎにラブリーTOKYOを出た。エレベーターで一階に降り、ビルを出て通りを歩き始めた直後、

「さっぱりした顔しやがって」

と後ろから声をかけられた。反射的に振り向くと、レンズが薄い黄色のサングラスをかけた架川が直央を見下ろしていた。隣には光輔もいる。驚き直央は口を開こうと

したが、先に架川がこう続けた。

「何が歯医者の予約だ。地取りをサボってエステ三昧か?」

「ち、違います。これには事情が」

「ここ、フィストのエステサロンだよね。ラブリーTOKYOだっけ?」

笑顔で訊ね、直央の後ろのビルを見上げたのは光輔だ。返事をしかけた直央を遮り、さらに言う。

「フィストで検索して、企業の合併吸収の情報サイトに辿り着いたんでしょ? で、フィストが琉球フィールを買収したと突き止め、そこの製品をラブリーTOKYOが使ってると知って施術を受けに来た」

その通りなので、直央は「はい」と頷くしかない。すると架川は「やっぱりか。俺らも似たようなもんだ」と笑ったが、光輔は棘の感じられる口調で問うた。

「それで、何かわかったの?」

わかっても、教えない。即答したかった直央だがそうもいかず、「ええまあ」と頷いて周囲を見回した。

「取りあえず、移動しましょう……架川さん。夜なのにサングラスって、芸能人か反社の人だけですよ」

小声で告げ、通りの先を見ると署のセダンが停まっていた。「うるせえ。誰が反社だ」という架川の声を聞きながら、直央は歩きだした。

　三人でセダンに乗り込み、直央は言った。

「ラブリーTOKYOのオーナーは、永瀬良友で間違いないようです。スタッフ五人ぐらいのこぢんまりしたサロンで、センスも接客もよかったです。料金設定も普通で、じゃあさぞかし強引なセールスをされるんだろうと思ってたら、全然。イメージと違いました」

「なら、他に儲けの手段があってあの店はその入口なんだろう。セールスの他に、何か言われなかったか？」

　後部座席で脚を組み、窓の外を眺めながら架川が問うた。外の通りには袖看板に明かりを点したビルが立ち並び、その前を大勢の人が行き来している。運転席から振り向き、直央は答えた。

「言われたっていうか、モデルにスカウトされました。エステモデルなんですけど、エージェントを紹介するって。私の肌は、張りも肌理も完璧だそうですよ」

　つもりはないのに、自慢げな口調になってしまう。が、架川は「カモられやがって」と小バカにするように鼻を鳴らした。

「どういう意味ですか？」

「そのエージェントとやらも、フィストの経営なんだよ。調子こいて事務所に行くと、登録料だ、プロフィール写真の撮影料だと四、五万円ふんだくられる。それでも、仕事をすりゃチャラにできると思うだろ？　ところがどっこい、待てど暮らせど仕事は来ねえ」

「えっ、マジ⁉」

思わずタメ口で訊き返すと架川は「マジだ」と頷き、こう続けた。

「データ入力やら商品モニターやらの、副業の求人でも使われる詐欺の一種だ。文句を言われても『仕事がない』と答えればいいし、金と個人情報を巻き上げたら事務所を畳んでトンズラって手もある……お前、新聞を読まねえのか？　デカどうこう以前に、社会人としての常識だぞ」

説教が始まりかけたので、直央は作り笑顔で「おっしゃる通り」と返し話を変えた。

「じゃあ、琉球フィールを買収したのも客寄せのため？　だとしたら変ですよね。ご当地コスメって女性には人気だけど、他にもっとメジャーなメーカーがあるのに」

「そういう疑問を抱くってことは、収穫なし？　フィストが琉球フィールを買収した目的は、摑めなかったんだね」

隣で光輔も口を開く。これまたその通りなので、直央は「はい」と答えるしかない。非難されるかと思いきや光輔は、「よかった」と呟き、前を向いた。その横顔を見て、直央は訊ねた。

「よかったとは？」

「下手に突っ込んだことを訊いて怪しまれたら、これからの動きに支障が出る。案の定収穫なしでよかったって意味だよ」

前を向いたまましれっと返され、直央の胸に怒りが湧く。言い返そうとした矢先、光輔がくるりと振り向いた。

「水木さん。一時休戦だ」

「はい？」

「きみを信用していないのは刑事課で話した時と変わりないし、危険視もしてる。でも同じ相手を追っているようだし、場合によってはきみが必要になるかもしれない。何より、僕らはトリオだ。職務のためにも、個人的な感情やこだわりは捨てて協力しよう」

それだけのことを、光輔は真顔で直央の目をまっすぐに見て告げた。

個人的な感情やこだわりがてんこ盛りなのは、蓮見さんでしょ。反発を覚え、結城の事件で忘れていた異動の件も思い出した。伝えるなら今かとよぎったが、しばらく逡巡（しゅんじゅん）する。後ろから、架川がこちらの様子を窺（うかが）っているのを感じた。

「わかりました」

光輔の目を見返し、直央は応えた。「よかった」と呟き、光輔がにっこりと笑う。

出た。こっちからすれば、その笑顔こそが信用できないし、危険視しまくりなんだけど。突っ込みは浮かんだが、負けてたまるかという気持ちも湧き、直央は「よろしくお願いします」と会釈してにっこりと笑った。

11

翌朝。直央たちに割り振られたのは、結城の元上司、八田昇一のアリバイ確認だった。まず着手したのが結城が亡くなった夜の防犯カメラの映像で、愛眠堂の本社ビルの通用口と八田が飲んでいたという居酒屋のある繁華街に設置されたものをチェックした。結果、八田は午後七時前に同僚の野見山と愛眠堂を退社、約十五分後に居酒屋に入った。店を出たのは午後十時前で、本人の証言通りだ。

その後、直央たちは午前十時前に署を出て繁華街に向かった。通りにセダンを停め、三人で雑居ビルの一階にある居酒屋を訪ねた。暖簾(のれん)は出ていないが出入口の木製の格子戸は開いていて、その脇に野菜や調味料などが入った段ボール箱が置かれていた。居酒屋はランチ営業をしているので、準備中なのだろう。

「失礼します」

光輔が告げて店内に入り、直央と架川も続いた。木製のテーブルと椅子が並び、壁にはつまみの名前が書かれた短冊とビールのポスターという、よくあるおじさん向けの居酒屋だ。

光輔は傍らのカウンターに歩み寄り、その中で働いている二人の男に警察手帳を見せた。

「桜町中央署の蓮見です。店長さんか責任者の方は?」

「俺だけど」

二人のうちの一人、禿げ上がった頭にタオルで鉢巻きをした中年男が答える。光輔は会釈し、

「お仕事中すみません。この人をご存じですか?」

と問いかけてジャケットのポケットから出した写真を掲げた。白いTシャツ姿の中年男はカウンター越しに写真を眺め、「ああ」と頷いた。

「名前は知らないけど、常連さんだよ」

「そうですか。今月に入ってから来店しましたか?」

「したと思うよ」

「それは先週?」

重ねて光輔が訊ねると、中年男は「いや」と首を横に振った。

「先週だったら覚えてる。そこまで最近じゃないよ。奥のテーブル席で、スーツを着

た同僚らしき男の人と一緒だったかな」

「では、十日ぐらい前？」

「ああ。そんなもんだな」

そう言って頷き、中年男は後ろで作業中のもう一人の男に「だよな？」と問うた。調理台の上で野菜を刻む手を止め、もう一人の男も頷く。まだ若く、黒いパーカーにデニム地の胸当てエプロンを締めている。「わかりました」と返し、光輔は若い男に会釈をした。

そうか。「最近いつ来ましたか？」と訊かれるより、一週間、十日ってスパンで訊かれた方が、見当を付けやすくなるな。昨日休戦協定を結んだこともあって直央は素直に感心し、光輔の形のいい頭を眺めた。

「では、この人はどうでしょう？」

光輔は言い、八田の写真をしまって着服事件を起こす前の結城の写真を出した。中年男は「見たことないなあ」と首を傾げたが、光輔は続けて、

「こちらでは？」

と、三枚目の写真を出した。こちらも写っているのは結城だが、亡くなった日に琉果の病院に現れた時の防犯カメラの映像だ。しかし中年男は「同じだよ。見たことない」と返し、光輔は「わかりました」と三枚目の写真を引っ込めた。ここは愛眠堂の

社員の行き付けらしく、結城の情報も得られるかと思ったがダメなようだ。と、店内を歩き回っていた架川がカウンターに近づいて来た。

「あんたはどうだ？」

そう訊ね、作業に戻っていた若い男を見る。直央と光輔も目を向けると、若い男は包丁を調理台に置き、無言無表情で中年男の隣に来た。光輔から三枚目の写真を受け取って見たものの、すぐに返してきた。その場にやはりダメかという空気が流れかけた時、若い男が口を開いた。

「見ましたよ」

「えっ⁉」

「いつ⁉」

直央と光輔が同時に声を上げ、若い男は答えた。

「十日ぐらい前。多分、最初の写真のお客さんを見たのと同じ晩」

「ここで見たのか？　どこに座ってた？」

架川が問うと、若い男は迷わずカウンターの一番奥の席を指し、「あそこ」と告げた。

「ビール一本と漬物で二時間近く粘った上に、暗い顔して着てるものもボロいし。食い逃げされるんじゃないかと思ったから、覚えてます」

無表情のままで口調も抑揚がないが、眼差しはしっかりしている。首を突き出し、光輔は問うた。

「二時間近くっていうのは、何時から何時まで？」

「八時から十時ぐらい」

若い男は即答し、光輔は「わかりました」と大きく頷いた。

それからしばらくして、直央たちは居酒屋を出た。セダンに向かって歩きながら、架川が言う。

「瓢簞から駒だな」

「ええ。店員たちが八田と結城を見たのは、恐らく結城が亡くなった晩でしょう。当然、二人が同じ店に居合わせたのは偶然じゃない」

光輔も言う。二人の後ろを歩きながら、直央は問いかけた。

「結城さんが、元上司の八田さんに助けを求めようとしたとか？　でも野見山さんが一緒だったから、話しかけるタイミングをはかっていたんじゃないでしょうか」

「しかし昨日聴取した時、八田は何も言っていなかったぞ」

架川の返答に直央が「ですね」と頷くと、光輔は言った。

「あるいは、八田は隠し事をしてる。あの晩、二人には何かあったのかもしれませんよ」

「居酒屋を出た後、八田さんはタクシーで家に帰ったんですよね。その裏は？」

胸がざわめきだすのを感じながら、直央はさらに問うた。

「梅林さんたちが取ってる。ただし八田は、『乗ったのは個人タクシーだった』と証言しているんだ。全国個人タクシー協会に照会して、車載カメラなどを確認するんだろうけど、協会に所属していないドライバーもいるからね」

光輔がそう答えた時、三人は通りの端に停めたセダンの前に着いた。

「つまり八田さんは、アリバイの裏が取れなくても言い逃れできる状態ってことですね」

ドアを解錠して運転席に向かいながら直央が言うと、光輔は、

「その通り。よくできました」

と笑って答え、助手席に乗り込んだ。

子ども扱いして。むっとした直央だが、褒められて嬉しさも覚える。と、ジャケットのポケットの中でスマホが鳴った。取り出した画面には、「お母さん」とあった。通話ボタンをタップし、スマホを耳に当てる。

「もしもし。どうしたの？」

「直央、大変よ。事件発生」

真由が答える。そのうろたえぶりに「本当に元警察官？」と呆れつつ、直央は語り

かけた。

「お母さん、落ち着いて。何が大変で、どんな事件が発生したの?」

「葵さんが大変。いま連絡があって、家がめちゃくちゃだって」

「めちゃくちゃ?」

声を大きくして訊き返すと、車中の光輔と架川が直央に目を向けたのがわかった。

12

葵の自宅は、琉果が入院中の病院から徒歩十分ほどの場所にあった。直央たち三人は通りに停めたセダンを降り、鉄筋二階建てのアパートに向かった。葵の部屋は一階で、目隠し代わりに植えられた庭木の隙間から小さな庭と、その奥の掃き出し窓が見えた。

敷地の裏手にある玄関に着くと、手前のドアの前に葵と真由、さらに小柄な年配の男性が立っていた。三人に歩み寄りながら、光輔が訊ねる。

「桜町中央署の鑑識はまだですか?」

「ええ」

真由が答え、隣の葵も青ざめた顔で頷く。ここに向かう車中、光輔が電話で矢上に状況を伝え、鑑識係の臨場を求めた。時刻は午前十一時過ぎだ。

「いきさつを説明してもらえますか？」

重ねて光輔は訊ね、葵も再度こくりと頷いた。ツイードのスカートスーツの上に、ベージュのダウンコートを着ている。結城の着服事件後しばらくして、葵はそれまで住んでいた一戸建てからこのアパートに移り、自転車で二十分ほど離れた工務店で事務職員として働き始めたという。

「一時間くらい前に大家さんから、『部屋の窓が割れてる』って電話があったんです。慌てて仕事を早退して帰って来たら、ちゃんとカギを閉めたはずの玄関のドアが開いてて。パニックを起こしかけたところに、真由さんが電話をくれました」

半分開いた玄関のドアと真由を指し、葵が説明する。と、真由が喋りだした。

「虫の知らせっていうの？　私も仕事中だったんだけど、『葵さんと話さなきゃ』って思ったの。こういうこと、本当にあるのねえ」

「感心してる場合じゃないでしょ」

直央がぴしゃりと告げると、真由は「こわ〜い」と大袈裟に眉根を寄せて口をつぐんだ。光輔が質問の相手を年配の男性に替える。

「あなたが大家さんですか？」

「ええ。この向かいに住んでいます。アパートの前を掃除してたら、結城さんの部屋が目に入ったんですよ。掃き出し窓のカギのところのガラスが割れてたから、こりゃ空き巣だと思って、急いで電話しました」

身振り手振りを交え、年配の男性が答える。「そうですか」と相づちを打ち、光輔は再び葵に問うた。

「ここに戻ってから、部屋には入っていませんね？」

「ええ。玄関から覗(のぞ)いただけです」

「わかりました」と返し、光輔はジャケットのポケットから白手袋を出してはめ、葵たちの脇を抜けてドアに向かった。直央も白手袋をはめていると、架川が口を開いた。

「無事でよかったな。慌てて部屋に入って、犯人と鉢合わせしちまうことも多いんだ」

口調はぶっきら棒だが、端々に気遣いが感じられる。それが伝わったのか、葵は少し表情を和らげて「はい」と返した。同調した真由が、「そうよ。葵さんが何ともなくて、本当によかった」と声を上げるのを聞きながら、直央もドアに向かった。

光輔はドアを全開にした玄関の前に立ち、室内を見ていた。その脇から、直央も室内を覗く。

手前に四畳半ほどのキッチン、奥に四畳半と六畳の居室というつくりのようだ。家具や家電は必要最低限という感じだが、綺麗(きれい)な色のカーテンや絨毯(じゅうたん)、壁に張られたファンシーキャラクターのポストカードなど、葵ができるだけ明るく楽しく暮らそうとしているのがわかった。しかし、その家具のほとんどには漁（あさ）られた形跡があり、衣類や本、生活雑貨などが床に散乱している。居室は四畳半を寝室、六畳を居間として使っているようで、どちらも奥には掃き出し窓がある。ガラスが割られて穴が開いているのは六畳の方なので、犯人は穴から手を入れて解錠して侵入し、玄関から出て行ったのだろう。

「なるほど」

室内に目を向けたまま、光輔が呟（つぶや）いた。何かに気づいたのは確実だが、訊くのはしゃくなので直央は室内に視線を巡らせた。

キッチンやバスルームまで、荒らされてるな。直央がそう思った矢先、光輔が後ろを振り返った。

「葵さん。結城さんは家で仕事をしたり、仕事道具を持ち帰ったりしていましたか？」

「いいえ。覚えている限り、ないです」

「では、パソコンやタブレット、スマホは？　いま署でお預かりしているものの他に持っていませんでしたか？」

「ありません。私も自分のスマホは持ってますけど、持ち歩いているので無事でした」

そう返し、葵は肩にかけていた布製のトートバッグからスマホを出して見せた。

「わかりました」と光輔が頷（うなず）く。質問の意味を把握しようと直央が頭を巡らせていると、通りの向こうから鑑識係のセダンのものと思しきサイレンの音が聞こえてきた。

13

その日の午後五時。桜町中央署三階の会議室で、捜査会議が開かれた。広い室内にずらりと並んだ長机と椅子に、二十人ほどの刑事が着いている。

「――以上の事由から、犯人は午前九時前後に被害者、結城葵の自宅アパート・ハイネス花梨に侵入したと考えられます。鑑識の結果、ホシのものと思しき指紋や毛髪などは発見されず、ハイネス花梨に防犯カメラは設置されておりません。また、本日の地取りでは不審者の目撃情報も得られませんでした」

手帳を手に、滑舌よく報告したのは光輔だ。後方の席に着いて立ち上がり、隣には架川が、だるそうな顔でふんぞり返って座っている。一方直央が立っているのは、捜査会議中の定位置であるホワイトボードの脇だ。

「結城達治の事件との関連は？」

ホワイトボードの前に立った刑事課長の矢上が問う。光輔は答えた。

「マルガイ宅から奪取されたのは、引き出しの中の現金二万円とプリペイドカード一枚のみです。なお現場周辺ではここ半年ほどで数件の侵入窃盗が発生していますが、同一犯の犯行ではないと思われます」

「なんで？」

「住民の留守中にドライバーのようなもので窓を割り、解錠して侵入するのは窃盗犯の典型的な手口です。しかしこの手の窃盗犯が現金や貴金属などがしまわれている可能性の高い居間や寝室の引き出しをピンポイントで物色するのに対し、本件では本棚やおもちゃ箱、さらにキッチンやバスルームまで漁られています。また、特に執拗に物色されたバッグと衣類があり、マルガイに確認したところ、結城達治が使用していたものだと判明しました」

　後ろのホワイトボードに張られた現場の写真を指し、光輔は説明した。「そうか」呟いて矢上が写真を眺め、向かいに並んだ刑事たちも倣う。ホワイトボードには他に結城の遺体や現場の川、事件関係者の顔写真などが説明文付きで張られている。

「従って、本件のホシは明確な目的を持ってマルガイ宅に侵入。空き巣を装うために現金とプリペイドカードを奪取したのではないでしょうか」

「目的って？」

　そう訊ねたのは、前列の机に着いた梅林。待ち構えていたように、光輔が答える。

「マルガイは『心当たりはない』と言っています。しかしタイミングを鑑みても、結城の溺死事件との関連が疑われます。私見ですが結城の着服事件には、彼の元上司で愛眠堂社員の八田昇一が関与していたのではないでしょうか。事件当夜、八田と結城が同じ居酒屋に居合わせていたのは、先ほど報告した通りです」

とたんに刑事たちはざわめき、直央はテンションが上がるのを感じた。さっき葵の部屋を見て彼女と光輔とのやり取りも聞き、同じことを考えていたのだ。

「どう関与してるの？　マルガイ宅で侵入窃盗が起きたのは午前九時前後。その時間、八田は勤務中で裏も取れてるよ」

梅林が再び疑問を呈すると、別の刑事が答えた。

「人を使ってやったんじゃないのか？　八田は居酒屋を出たあとタクシーで帰宅したと言っているが、裏は取れていないしな」

歳は四十代後半。中背の小太りで、髪の生え際がM字形に後退している。刑事課係長の鳥越国明（とりごえくにあき）、階級は警部補だ。「その通りです」と同調し、光輔はこう切り出した。

「愛眠堂の着服事件は、結城と八田の共犯というセンはないでしょうか。犯行が露見しそうになり、八田が結城に『着服した金は全部やるから、お前一人の仕業ってことにして逃げてくれ』と持ちかけたとか」

「でも、結城は一年で戻って来た。事件当夜の流れはどう見る？」

矢上が問いかけ、光輔を見る。直央も倣うと光輔は「はい」と頷き、答えた。

「それについては、水木巡査がご説明します」

「えっ」

驚き、直央は声を漏らしたが光輔はさっさと着席してしまった。「そうなの？　じゃあ、よろしく」と矢上に促され、直央はうろたえて後方の席を見た。しかし光輔ではなく架川と目が合い、「さっさとやれ」と促すように顎を動かされた。さらにうろたえた直央だが、架川が自分を見据えたまま大きく頷くのを確認すると、不思議と気持ちが落ち着いた。

一礼して、直央は矢上の隣に進み出た。刑事たちの視線を感じながら、片手を胸に当てて俯く。そして深呼吸をして「はいっ！」と自分で自分に合図し、顔を上げた。

「逃亡生活に疲れたのか、考えが変わったのか、結城はこの街に戻って来ました。息子の証言が事実なら、自首して罪を償うつもりだったんでしょう」

よし、お腹から声が出てる。そう確信して自信も湧き、直央は話を続けた。

「だから事件の晩、決意を伝えるために会社を出た八田と野見山を尾行し、居酒屋に入ったんです。で、午後十時前に二人が店を出るとまた尾行し、八田が一人になったタイミングで声をかけた。『八田さん。僕です、結城です』的な？」

半疑問形で告げて首を傾げると、矢上が口を開こうとした。それを遮るように、直央は言った。

「当然、八田は驚きます。結城に自首すると告げられると焦りも湧き、『どこかで話そう』とでも言って、人目に付かない飲み屋に移動したんでしょう。で、結城にお酒を飲ませ、自首をやめるように説得した。でも結城の決意は変わらず、午後十一時頃、結城は『警察に行く』あるいは『個室ビデオ店に帰る』と言って店を出た。もちろん八田も一緒で、やがて二人は花宵川沿いの通りに差しかかります」

一気に語って言葉を切り、直央は俯いて額に下ろした前髪を横分けにした。そして眉をひそめ困惑したような顔を作り、隣を見た。

「なあ、結城。考え直してくれよ」

そう語りかけ、指先で横分けにした前髪を撫でつける。昨日会った時に見た八田のクセの真似で、声色も似せている。驚き、矢上は何か言おうとした。それを阻止し、直央は、

「逃亡生活が苦しいなら、援助するから。自首するなんて言うなよ」

と続けて矢上のスーツの肩に手を伸ばし、がっちりと摑んだ。その勢いに圧されて矢上が黙ると、直央は手を下ろして横を向いた。今度は結城になって思い詰めた表情を作り、言う。

「八田さん、ムダですよ。僕はもう決めたんです。息子のためにも、警察に全部話して罪を償う」

結城の声を聞いたことはないので、写真から想像した。そして素に戻り、前に向き

直る。

「と、やり取りをしているうちに二人は現場の前に来ます。通りは薄暗く人通りはなく、傍らには金網フェンスがあります……おい。いい加減にしろよ！」

状況を説明し、後半はまた八田になって声を荒らげた。

「お前が罪をかぶると約束して、金も渡したじゃないか。それで息子の病気が治ったのを忘れたのか⁉」

さらに声を荒らげて訴え、矢上に迫る。今度は半歩横にずれて結城になり、いま自分が立っていた場所を睨んだ。

「そんなのわかってますよ！　でも、我慢の限界なんです」

言い返した後また元の場所に戻り、今度は八田になって結城に見立てた矢上に怒鳴る。

「ふざけんな！　自首なんかされたら、俺はお終いだ。絶対に許さないぞ！——はい、ここからがハイライト。課長、ご協力いただけますか？」

「いいけど。でも——」

「ありがとうございます！」

言うやいなや、直央は向かいに立たせた矢上に両手を伸ばし、肩と腰を鷲掴みにした。

「許さない。許さないからな！」

八田になりきってそう繰り返し、矢上の肩と腰を後ろに押す。矢上は直央にぐいぐいと押され、上半身を後ろにのけぞらせた。

「た、タンマ。危ない」

「黙れ！」

叫び、直央はさらに矢上の体を押した。矢上の後ろには金網フェンスがあり、その向こうは川というイメージだ。

「おい！」

向かいから、刑事の誰かの声がした。構わず、直央はどんと矢上の肩を押した。次の瞬間、矢上は、

「ちょっと！」

と裏返った声を上げて後方に飛ばされ、仰向けで床に倒れた。

「がしゃ～ん！　どぼ～ん！……えっ。なんでフェンスが外れるんだよ……おい、結城。大丈夫か？」

八田になって驚き、金網フェンスが外れた場所から川面を覗き込むようなポーズを取る。そして身を起こし、うろたえて後ずさった。

「このまま放っておけば、結城は……これは事故だ、俺は悪くない。悪くないんだ」

　後半は意を決したように呟き、直央はその場にかがみ込んで腕を伸ばし、金網フェンスを川から引き上げるジェスチャーをした。続けて金網フェンスを元の場所に戻し、「よし」と呟いて矢上がいるのとは反対方向に歩きだした。数歩行って身を翻し、元いた場所に戻る。顔を上げて改めて室内を見回し、言う。

「という流れで事件は起きたんじゃないかと思うんですけど、どうでしょう？」

「『どうでしょう？』じゃねえだろ。バカ野郎！」

　刑事の一人に怒鳴られ、直央は我に返った。慌てて振り向くと、矢上は数名の刑事の手を借り、起き上がっている。駆け寄り、直央は頭を下げた。

「申し訳ありません！　大丈夫ですか？」

「うん。たぶん大丈夫だし、リアルに状況を伝えたくて、つい。十分すぎるほどリアルに伝わったから……前にもこういうこと、あったよね？　水木さんがうちに配属された直後に起きた、殺人だ」

　顔をしかめ、後頭部をさすりながらも矢上が問いかける。直央は頭を下げたまま「はい」と頷き、答えた。

「私は中学から大学まで演劇部だったんです。人前で何かする時には、舞台に立ったつもりになるクセがあって」

「ああ、そうだったね。じゃあ、芝居を始める前に『はいっ！』っていうのは？」

「舞台上で動作を始めたり効果音を流したりする合図で、演劇用語では『きっかけ』

と言います」

「なるほどね」

矢上は頷き、直央に何か言おうとした刑事を「いいから」と制した。しかし室内の刑事たちが呆気に取られているのを感じ、直央の胸に焦りと後悔が押し寄せる。刑事たちに向き直って頭を下げようとした矢先、ぱちぱちという拍手の音がした。直央は視線を前に向け、刑事たちも振り向く。

並んだ長机の一番後ろ、ドアの手前の席に真由が座っていた。拍手を続けながら目を輝かせ、立ち上がった。

「直央、すご〜い。いつの間にあんなの覚えたの？　女優さんみたい。っていうか、女優さんになれるんじゃない？」

そう続けながら机と机の間の通路を進み、直央の前に来た。直央は唖然。他の刑事たちも呆気に取られ、真由を見ている。

「な、何してるの？　ていうか、何でいるの？」

パニックを起こしかけながらかろうじて問うと、真由はあっけらかんと答えた。

「葵さんに付き添ってたんだけど落ち着いたから、捜査はどうなったのかな〜と思って来たの。でも刑事課には誰もいないし、うろうろしてたら何となく」

「何となく捜査会議に参加しないでよ！　関係者以外立入禁止。元警察官じゃなくても、そんなのわかるでしょ」

焦りと恥ずかしさを怒りに変え、直央はわめいた。しかし真由は、「こわ〜い。だって直央、電話しても出ないんだもん」と平然としている。いきり立ち、直央は「あのね、お母さん」と喋りだそうとした。すると「まあまあ」と席を立った光輔が割り込んで来た。

「立入禁止の件は後でお話しするとして……来ていただけて、よかったです。真由さんにお願いしたいことがあるので」

笑顔で語りかける光輔に、「やだ〜。真由さんだって〜」と頰を緩ませた真由だったが、急に真顔に戻り「で、お願いって？」と問うた。光輔は「ちょっと待って下さい」と返してから矢上に向き直り、

「課長にお話があります」

と告げた。

14

酔客の一団が、架川の背後を通り過ぎた。スーツ姿のサラリーマンで、赤らんだ顔で何か話している。一団が歩き去るのを待ち、架川はジャケットとスラックスのポケ

ットを探り、三台のスマホを取り出した。色は金、銀、白で、それぞれに情報提供者や檀家などの連絡先が二千件近く登録されている。少し考え、金色のスマホを握り、他の二台をポケットに戻した。画面を操作し、連絡先の一つを選んでスマホを耳に当てた。短い呼び出し音の後、相手が出た。

「はい、樋口」

「おう。架川だ。元気か？」

テンポよく問いかけると、低く太い声が応えた。

「えらい久しぶりやな。何とか生きとるわ。あんたは？」

「俺もだ」

そう返しつつ、自然と顔が綻ぶ。樋口勝典警部補は兵庫県警刑事部組織犯罪局の刑事だ。マル暴時代、架川は神戸に本部を置く指定暴力団・鷲見組の捜査で度々現地に赴いていた。その際コンビを組んだのが樋口で、幾度となく酒を酌み交わし、修羅場もくぐった。

「頼みがある。情報が欲しいんだ」

真顔に戻り切り出すと樋口は「ちょっと待ってや」と返し、ごそごそという気配が続いた。人気のない場所に移動しているのだと察し、架川も後ろの通りを眺めた。新橋駅近くの飲み屋街で、どこかの店からカラオケのくぐもった音声が漏れ聞こえてくる。時刻は午後十時過ぎだ。間もなく樋口は「はい、お待たせ」と告げ、こう続けた。

「ネタって、去年のあれか？　元兵庫県警の若いデカで、名前は確か――」

「いや、あれはもういい。そういや、礼がまだだったな。すまねえ」

早口にならないよう気をつけながら、架川は話を変えた。去年の五月。本庁の組対から桜町中央署の刑事課に異動になり、光輔とコンビを組まされた。二人である事件を追う中、架川は光輔の言動に違和感を覚え、樋口に身元照会を依頼した。結果、光輔の秘密が明らかになったが、彼の目的にはマル暴に返り咲くという自分の思惑と相通じるものがあると感じ、共存関係を選んだ。

「気にしいな。俺とあんたの仲やないか。で、何が知りたい？」

樋口は返し、架川の頭に彼のごつい顔と三分刈りの髪が浮かぶ。もう一度通りを眺めてから声のトーンを落とし、架川は答えた。

「鷲見組。とくに組長の鷲見利一だ。近々、やつは上京するはずだ。詳しくは言えねえが、盃事でも義理がけでもねえ」

「ほんまか？」

樋口が前のめりになったのがわかる。盃事とは襲名披露や親子盃などの儀式で、義理がけは冠婚葬祭を指す暴力団関係者の隠語だ。「ああ」と頷き、架川は続けた。

「やつが動けば、当然そっちも動くだろ？　こっちに来たら、鷲見がどこで何をしてるか教えてくれ。無論、時機が来たら俺が握ってるネタも教える」

「構わへんけど、『俺が握ってるネタ』って……あんた、大丈夫か？　なんぞヤバいことに首を」

「それもいずれ教える。頼んだぞ」

それだけ告げ、架川は電話を切った。スマホをジャケットのポケットにしまい息をついたが、電話をかける前より緊張しているのがわかった。

先手必勝だ。少し前に光輔と彼の協力者である羽村琢己警部に告げた言葉を再度胸の中で呟き、架川は身を翻した。来た道を戻り、一軒の居酒屋の暖簾をくぐって木製の引き戸を開ける。通路を進み、広い店内に並ぶテーブルの一つに歩み寄った。

「お帰りなさい」

テーブルから空いたグラスと皿を下げていた男が声をかけてきた。この店のユニフォームの黒いTシャツとジーンズ姿で、頭に白いタオルを頭巾のように巻いている。

「ああ」と返し、架川は自分の席に着いた。隣には光輔が座り、向かいの直央はテーブルに突っ伏している。架川が直央の隣の椅子が空いているのに気づくと、光輔が言った。

「真由さんは、お手洗いです」

軽く頷き、架川は黒いTシャツの男に命じた。

「ハイボールを持って来い」

「日本酒じゃないんですか？　珍しいですね」

「明日はドンパチありそうだからな」

そう返し、架川が表面が乾きかけた刺身を口に放り込むと、黒いTシャツの男は「そうなんですか？」と目を輝かせた。眉根を寄せ、光輔が訂正する。

「そんな物騒なものじゃありませんよ。捜査でちょっとした仕掛けをするんです」

「へえ。面白そうだな。俺も交ぜて下さいよ」

グラスと皿が載ったトレイを抱え、黒いTシャツの男が笑う。この男は秋場圭市といい、歳は二十七。ここで働きながら小劇団の役者をしているが、数年前までは鷲見組傘下のある暴力団の準構成員だった。

「ダメだ。お前には、近々例の件で動いてもらう。それまで大人しくしとけ」

架川は告げ、圭市は真顔に戻って「はい」と応えた。例の件が奥多摩の土地の再開発計画だと、瞬時に察したようだ。圭市は自分がカタギに戻るきっかけを作った架川に恩義を感じており、今でもエスの一人として捜査に協力している。

会釈し、圭市はテーブルを離れた。他のテーブルもサラリーマンを中心とした客で賑わっていて、壁際のカウンター席の奥にある厨房では男たちが忙しそうに働いている。光輔が言った。

「外でエスと話していたんでしょう？　永瀬良友、あるいは鷲見組のネタ集めですか」

「まあ、そんなところだ」

「フィストの琉球フィール買収には裏がありそうですね。意外と、彼女は使えるかもしれませんよ」

　そう言って、光輔は向かいの直央を見た。架川が「おい」と咎めると、光輔はビールのグラスに手を伸ばしながら返した。

「大丈夫。さんざん飲んで喋って、爆睡してます」

「そういう問題じゃねえ。仮にも俺らはトリオだぞ」

「だったら、役に立ってもらわないと。捜査会議での熱演。最初に見た時は呆れたけど、なかなかのものですよ。さすがは元演劇部、女優だ……それが信用できないんだけど」

　語るほどに光輔の眼差しは尖り、冷たい光を発していく。それを見た架川が言葉を返そうとした時、真由が戻って来た。

「ただいま～。なんかもう、楽しくて飲み過ぎちゃった。あ、でも明日はちゃんとやるからね」

　ハイテンションで語り、真由は椅子を引いて直央の隣に座った。表情を笑顔に変え、光輔はグラスをテーブルに戻して返した。

「ええ。よろしくお願いします」

約五時間前の捜査会議中。「お話があります」と申し出た光輔を、矢上は「言ってみて」と促した。すると光輔は直央が演じて見せた推測には概ね同意で、愛眠堂の着服事件は結城と八田の共犯の可能性が高いと述べた。光輔は続けて、八田に罠を仕掛ける作戦を提案し、梅林と数名の刑事は「危険過ぎる」と反対したが、光輔は「安全には万全を期し、全責任は僕が取ります」と説明。すると矢上は、「やってみよう」と決断した。

光輔はさらに「作戦には葵さんの協力が必要で、彼女が頼りにしている真由さんに説得を頼みたい」と話し、「やるやる」と乗った真由がその場で葵を呼び出した。来署した葵に光輔と真由が作戦を説明すると、葵は戸惑いながらも「真由さんが一緒にいてくれるなら」と承諾した。その後、光輔たちは作戦会議を兼ねて圭市の店に行くことになり、真由が「私も行きたい」と言いだした。真由は反対する直央を「私だって作戦のメンバーだもん」と押し切り、四人でここに来た。

「じゃあ、明日に備えてそろそろ……やだ。直央、寝ちゃったの？　ちょっと、起きて。風邪引くわよ」

ベージュのジャケットに包まれた直央の肩を揺すり、真由が語りかける。しかし直央は顔を上げて半目でぶつぶつと言ったものの、また突っ伏してしまった。その姿に架川は呆れ、光輔は笑って真由に告げた。

「じきに起きますよ……僕らも今日は楽しかったです。真由さんが元警視庁の職員なのは知っていましたが、事務方のエキスパートだったんですね。桜町中央署に配属になった時、直央さんが事務職希望で、『後方からでも守れる平和や命がある』という想いも聞いて感心したんですが、あれは真由さんの影響でしたか」

影響じゃなく、受け売りだろ。架川は思い、光輔も同じ思いなのは明らかなので、これは嫌味だろう。去年二人で十一年前の長野県での談合と収賄、ホステス殺害事件を捜査した際、光輔は事件の核心に迫るにつれ取り乱し、冷徹になっていった。それを繰り返すつもりかと架川は懸念し、もどかしさも覚えた。光輔がさらに何か言うなら阻止しようと身構えた矢先、真由が返した。

「エキスパートなんて、そんな。警察って部署にかかわらず、書類仕事が多いでしょ。だったら、その書類を作ったり処理したりする仕事ってすごいんじゃない？　と思ったの。でも、直央がそんな風に思ってくれてるなら嬉しい……この子、口は達者だけど適当でしょ？　で、万事行き当たりばったり」

ははは、と光輔は笑ってごまかし、架川は大きく頷いた。すると真由は「やっぱり」と笑い、こう続けた。

「亡くなった夫がそうだったから。でもね、人に深入りしないから騙そうとか利用しようとか考えないし、傷つけもしない。その分、誰かにそういう目に遭わされた時はもろいし、すごく傷つくだろうなってちょっと心配」

そこで言葉を切り、真由は隣を見下ろした。直央はテーブルに片頬を押し当てて寝ているので、架川たちにも横顔が見える。無邪気そのもので、架川は離婚した妻の下で暮らす一人娘の愛理を思い出した。光輔は無言。じっと直央の横顔を見ている。すると真由は、「でもね」と話を再開し、自分のコートを取って直央の肩にかけた。

「無傷じゃ生きていけないでしょ。警察官の道を選んだのなら、なおさら。それに、追い込まれると直央はすごいから。取りあえず、めちゃくちゃ怒る」

「逆ギレかよ」

思わず口に出して架川は言い、真由はきょとんとした後、「確かに逆ギレだ。架川さん、すご～い」と笑った。小さな口から白い歯が覗き、ふっくらとした頬にえくぼが浮かぶ。その顔のまま、真由は「娘をよろしくお願いします」と頭を下げた。戸惑いながらも架川は「はあ」と返し、隣を覗った。てっきりいつもの、架川が「能面」と評する笑顔を返すかと思った光輔だが、無言で小さく頭を下げただけだった。

15

翌朝八時。桜町中央署三階にある刑事課の応接室に、直央たち三人と葵、真由、そして矢上が顔を揃えた。

「確認しますが、盗まれたのは引き出しの中の現金とプリペイドカードだけですね？」

ローテーブルを挟んで置かれたソファの手前の一脚に座り、光輔が問うた。両脇には架川と矢上が座り、直央はその脇に立っている。

「はい」

と向かいで葵が頷く。つられて、隣に座る真由も首を縦に振った。

「わかりました。では、スマホを貸して下さい」

光輔が促し、葵は傍らのバッグからスマホを出して画面のロックを解除して差し出した。受け取った光輔は操作を始める。それを脇から覗きながら、矢上が訊ねた。

「蓮見くんたちは、昨日葵さんのアパートに侵入したホシは八田の差し金で、何かを捜していたと考えているんでしょ？　となると、何かは着服事件絡み？」

「ええ。事件には共犯がいるという証拠ではないでしょうか。結城さんはその存在を隠していて、こちらに戻って八田に自首すると告げた際、初めて証拠の存在を明らかにしたのかもしれません。だとしたら八田は驚き、証拠を捜し出そうとしますよね」

スマホを両手で操作しながら、光輔は淡々と答えた。「だね」と矢上が頷き、架川はダークグレーのダブルスーツの脚を組み、光輔の作業を見守っている。向かいで俯いた葵の肩を、真由がいたわるように抱く。葵には昨日、捜査状況と光輔たちの推測を説明した。しかし改めて聞くと、ショックなのだろう。

「盗まれたのが現金とプリペイドカードだけなら、アパートに証拠はなかったってことですよね？　なら、どこに？」

直央も問いかけると、光輔は手を止めずに「さあ」と首を傾げた。

「データ化されたものなら結城さんのパソコンかスマホだと思ったんだけど、鑑識係の話では、先日お預かりした機器の中には現状そういうデータは見当たらないそうだからね。でも、いま大切なのは証拠が何でどこにあるかより、それを八田が手に入れていないということだよ」

「確かに」

納得して直央が頷くと、架川が口を開いた。

「八田ってのは、どんなやつなんだ？」

「愛眠堂に入社して約二十年。これといった業績はありませんが、勤務態度は良好。東京都狛江市在住で、家族は妻と中学生の息子。前科などはなく、反社的勢力との関係も確認できないそうです」

「なら、昨日のうかんむりのホシはどう手配した？　引ったくり程度ならネットの闇サイトで見つかるだろうが、窃盗はそうはいかねえぞ」

組んでいた脚を解き、畳みかける。うかんむりとは、空き巣や窃盗を指す警察の隠語だ。

「だね」と矢上が同意し、光輔も「おっしゃる通り」と応えてこう続けた。

「でも、それも八田の尻尾を摑めば明らかになりますよ……できた」

最後のひと言は顔を上げて言い、スマホも持ち上げて画面を向かいに見せた。葵と真由が首を突き出し、架川と矢上、直央も脇から覗く。スマホにはメールの作成画面が表示され、メッセージの入力欄にはこう書かれていた。

「八田さんへ

亡くなる前に夫から全部聞きました。証拠は私が持っています。欲しければ三百万円用意して、明日の午後十一時に一人で花梨公園の東側の東屋に来て下さい」

16

ジャケットのポケットの中で、スマホが振動を始めた。無視していると間もなく振動は止んだが、またすぐに始まった。仕方なく、直央は架川と光輔に「すみません」と会釈し、左耳にスマホを当てた。

「はい」

「あ、直央？　そっちはどう？　葵さんは大丈夫？」

立て続けに真由に問われた。うんざりして、直央は潜めた声で答えた。

「お母さん。ちょっと前に電話してきたばっかりでしょ。何かあったら報せるから、大人しくしてて」

「わかってるけど、もう三十分以上こうしてるのよ。トイレに行きたくなってきたし」

「我慢しないで行って。でも、すぐに戻ってよ」

早口で告げ、直央は電話を切った。ため息交じりに、「葵さんの望みじゃなきゃ、絶対連れて来なかったのに」とぼやき、スマホをポケットにしまって右耳のイヤフォンの位置を調整する。イヤフォンは警察無線のもので、さっきから矢上や梅林、鳥越などの刑事たちの緊迫したやり取りが聞こえてくる。

昨日の朝、光輔は葵のスマホから八田にメールを送信した。一日待っても返事はなかったが作戦は決行され、桜町中央署の刑事たちは夜になるとここ、花梨公園に向かった。

広い園内はアップダウンに富み、小さな池やアスレチックコース、バーベキュー場などがある。東屋は街を見下ろせる丘の上にあり、赤い三角屋根とウッドデッキが目印だ。ウッドデッキの上には、木製のテーブルとベンチが置かれている。丘の周りには遊歩道があり、ジョギングやウォーキング、犬の散歩をしている人がぽつぽつと通る。その中には変装した刑事もいるはずで、他にもウッドデッキの床下や、周辺の木立と垣根の陰にも、刑事たちが身を潜めている。光輔が言った通り安全には万全を期しているが、市民である葵を囮(おとり)に使う作戦なので、気は抜けない。直央たちがいるのは東屋から三十メートルほど離れた木立で、三人横並びで葉がほとんど落ち、枝を刈り込まれた植え込みの後ろにかがみ込んでいる。

と、薄暗がりの中でジジッとかすれたような音がした。光輔は片手に持った小型無線機を持ち上げ、「どうしました？」と問いかけて視線を前方に向けた。直央と架川も、傍らに立つ街灯に照らされた東屋を見る。

「あの、今さらなんですけど」

無線機から葵の細い声が流れる。同時に、東屋のベンチに座ったベージュのダウンコートの背中が小さく動く。東屋でのやり取りをモニタリングするために、葵のダウンコートの襟裏には音声に反応してスイッチが入るマイク、耳にはこちらの無線機の声が聞こえるイヤフォンが装着されている。

「八田さんは本当に来るんでしょうか？」

葵が問い、光輔は即答した。

「来ます」

「でも顔見知り程度の私から突然メールが来たら、警戒するでしょう？」

「ええ。ですから、琉果くんの病気が再発したという虚偽の情報を流しました。八田は、だからお金が必要になったんだと思うでしょうし、検査のためですが、いま琉果くんは入院中なのでリアリティーもある」

虚偽の情報？　そんな仕込みをしてたの？　直央は驚いたが、架川は平然。「ええまあ」と葵が返すと、光輔は告げた。

「不安なのはわかりますが、我々は万全の態勢を敷いています。十一時まで十五分ほどありますし、できるだけリラックスして待機して下さい」

「わかりました」

細い声のままだが葵は言い、二人は交信を終えた。と、そこに刑事の一人から、愛眠堂の本社ビルを見張っているが、八田が出て来ないという報告が入った。さらに「納品に来たトラックの荷台などに隠れて抜け出したのかもしれません」と告げる刑事に、矢上が対応策を指示する。それをイヤフォン越しに直央が聞いていると、架川は言った。

「いよいよだな」

「ええ」

光輔が応え緊張とともに直央も頷こうとした矢先、今度は光輔のスマホが振動した。直央は電話ではなくメールらしいが、無視するかと思いきや、じっと画面に見入った。直央は怪訝に思い、架川が訊ねる。

「どうした?」

「あの人が琉球フィールを洗ってくれました。元社長の金城友理奈の父親は沖縄県名護市にあるリゾートホテルのオーナーで、金城友理奈はそのホテルで扱うアメニティのために琉球フィールを設立したそうです。その後も父親の財力と人脈を頼りに地ビール、ペット用品、有料老人ホームなどの事業を次々と」

画面を操作し、何かの書類に目を通しながら光輔が語る。片手を挙げ、直央はそこに割り込んだ。

「ちょっと待った。あの人って誰ですか? 前にも言ってましたよね? 確か、刑事課で私とやり合った時」

「よく覚えてたね。僕のエスみたいなものだよ」

顔を上げて微笑み、光輔は答えた。刑事である以上、光輔がエスを使っていても不思議はないが、「みたいなもの」という表現が引っかかる。直央は言葉を返そうとしたが、

「アメニティって何だ？　ガンダムとか、ドラえもんみてぇなもんか？」

　という架川の疑問に遮られた。笑顔をキープし、光輔が返す。

「それはアニメ。アメニティです。本来は心地よさや快適性といった意味の不動産用語ですが、シャンプーや石けんなど、ホテルの備品の総称として使われることが多いようです」

「ならそう言え。持って回った言い方しやがって」

　茂みの後ろにかがみ込んだまま、男同士の言い合いが始まった。が、それで話をうやむやにしようという魂胆なのは丸わかりで、直央は腹立たしさを覚えた。再度「ちょっと待った」と割り込もうとした矢先、またイヤフォンから刑事の声が流れた。

「こちら梅林。捜査対象者（マルタイ）に接近者あり」

　はっとして直央は顔を上げ、光輔と架川も前方を見る。脇から丘を登った誰かが、東屋に向かっている。小柄で、身につけているのは淡いピンク色のナイロン製ジャージの上下。年配の女性のようだ。

「こんばんは」

　年配の女性は東屋に入り、光輔が持った無線機から穏やかな声が流れた。たちまち、葵の背中が強（こわ）ばったのがわかった。光輔は無線機の通話ボタンを押し、口に近づけた。

「葵さん、落ち着いて。返事をして下さい」

「こ、こんばんは」

上ずり気味ながらも、葵は挨拶を返した。するとガサガサと衣擦れの音を立て、年配の女性は葵の向かい側のベンチに座った。

「冷えるわねえ。毎日この時間に散歩してるんだけど、今夜はやめようかと思っちゃった」

そう語り、年配の女性はふふっと笑った。白髪のショートカットで、小さなバッグを体に斜めがけにしているようだ。イヤフォンからは、「接近者は、ウォーキング中の市民と思われる。捜査員は引き続き待機」という矢上の指示が流れた。晴れているが気温は十度を下回り、直央たちも東屋の二人も吐く息は白い。

「そうですか」

葵が応え、光輔は再び無線機越しに指示した。

「いいですよ。世間話をしながら、その人に立ち去ってもらいましょう。ＯＫなら、片手で髪に触れて」

すると少し間があり、東屋の葵は片手でサイドの髪を撫でた。それを確認し、考え込むような顔をした光輔だが、すぐに横を向いて架川越しに直央に無線機を差し出した。

「池の近くに山茶花の木が植えられてて、花が咲いてる。それを自然に、あの女性が見に行きたくなるように言って」

「私がですか？」

驚いて問うと、光輔は答えた。

「できるでしょ。きみは女優だ」

言葉に棘を感じるんですけど。山茶花がどんな花かも知らないし。そう返したくなったが、腕時計に視線を走らせると十一時十分前だ。覚悟を決め、直央は無線機を受け取ってボタンを押した。

「葵さん、水木です。これから、私の言うことを真似て女性に伝えて下さい。いいですか？」

と、葵は今度は逆の手で髪を撫でた。それを見て、直央は無線機に向かって言った。

「池の近くに山茶花があるのをご存じですか？　花が満開ですごくきれいです。すぐに散っちゃうから、見に行った方がいいですよ」

頭に浮かんだのは椿の花だったが、話し方と声色は葵を真似たつもりだ。しかし葵は、無言で背中を強ばらせた。直央がさらに語りかけようとした矢先、葵は口を開いた。

「あの、池の近くに山茶花があるんです。花が満開ですごくきれいで、すぐ散っちゃうから見に行った方がいいですよ」

棒読み気味の早口で、伝えた台詞とは微妙に違う。直央は焦りを覚えたが、年配の女性はすぐに反応した。

「ああ、あそこの山茶花はきれいよねえ。毎年楽しみにしてるわ」

その弾んだ声に直央がほっとした直後、年配の女性はこう続けた。

「だからもう見に行っちゃった」

「はあ」

かろうじて相づちを打った葵だが、衣擦れの音が動揺を物語っている。「おい」と架川が横を見て、光輔は「別の方法を考える」と直央に指示した。が、直央は葵に告げた。

「じゃあ、こう言って下さい……今夜は晴れって聞いたのに、これから雨になるらしいですね。しかも大雨だから、早く帰らないと」

「晴れって聞いたのに、これから大雨らしいです。早く帰らないと。私、洗濯物を出しっぱなしにして来ちゃった」

葵は言った。口調はぐっと自然になり、アドリブの洗濯物云々も上手い。それが功を奏したのか年配の女性は、「あら、大変」と言って立ち上がった。「じゃあね」と続け、東屋を出ようとする。葵は「はい」と返し、直央はため息をついた。架川と光輔もほっとしたのがわかる。と、その直後、

「でも、これだけいい？　昨日孫が生まれたの。もう可愛くって、会う人みんなに見せてるの」

と捲し立て、年配の女性はベンチの前に戻った。ジャージのポケットから何かを出し、葵の前に突き出す。多分スマホで、孫の写真が表示されているのだろう。

何それ！　時間ないんだけど。そう叫びたくなった直央だが、頭を巡らせて次の台詞を伝えようと無線機のボタンを押した。

「待て」

隣からの声に顔を上げると、架川は鋭い目を東屋に向けていた。光輔も言う。

「様子がおかしいですね」

つられて、直央も視線を東屋に戻した。

葵はこれまで通り、直央たちに背中を向けてベンチに腰かけている。やや前のめりになっているのは、差し出されたスマホの画面を見るためだろう。しかしそのまま固まり、何も言わない。一方無線機からは、葵の荒い息づかいが流れている。状況が把握できず、直央は焦りと不安を覚えた。すると、架川が立ち上がった。

「あの女、ウォーキング中の市民じゃねえ。八田の使いだ」

驚き、直央が反応するより早く、光輔の手が伸びてきて直央の手から無線機を奪った。そのまま立ち上がり、光輔は無線機越しに葵に問うた。

「葵さん。もしかして脅されていますか？　イエスなら、少し身を引いて」

直央も立ち上がり、東屋に目をこらす。すっ、と葵が身を引くのが見えた。光輔はさらに問う。

「わかりました。では、女はナイフなどの凶器を持っていますか？　イエスなら右脚、ノーなら左脚を動かして」

東屋には壁がないので、ベンチの下におろされた葵の脚も見える。ジーンズに包まれた両脚の左側が前後に揺れるのを確認し、光輔は「よし」と呟いた。じゃあなぜ、葵さんは固まってるの？　直央の頭に疑問が湧き、それに応えるように光輔はさらに問うた。

「ひょっとして、女は脅しのネタに琉果くんを使っていますか？　また脚で答えて下さい」

間を置かず、今度は葵の右脚が揺れる。そうか。納得した直央に、「おい。確認だ」と架川の指示が飛ぶ。「はい」と返して直央はスマホを出し、再度その場にかがみ込んだ。記憶を辿り、琉果が入院中の病院の番号を調べて電話をかける。上から光輔の声がした。

「では、女にダミーの証拠を渡して下さい。ただしバッグを探るふりで、できるだけ時間を稼いで」

琉果の病院の職員が電話に出たので、直央は自分の身分を説明し、琉果の安否を確認して欲しいと告げた。職員は当直の看護師で、「お待ち下さい」と言って電話を保留にした。直央は片耳で保留音のメロディーを聞き、もう片方の耳で光輔の無線機の音声を聞いた。葵は「ちょっと待って」「あれ？」などと言いながら、自分のバッグを探っているようだ。ダミーの証拠はUSB内のデータまたは書類のコピーと仮定していて、どちらが入っているようにも見える封筒を用意し、葵に渡してある。

と、「お待たせしました！」と看護師の声が電話から聞こえた。報告を聞き、直央は振り向いて告げた。

「琉果くんは病室で寝ています。女の脅しはハッタリです！」

「了解」と頷き、光輔は無線機を口に近づけた。

「葵さん。脅しはウソで、琉果くんは無事です。女に証拠を渡して、そこを出て」

礼を言って電話を切り、直央は立ち上がって前を見た。東屋の中では、席を立った葵が封筒を差し出し、それを年配の女性が受け取るところだった。その後、葵はバッグを抱えて東屋を出て、年配の女性も葵の反対側から東屋を出た。

「行くぞ！」

鋭く命じ、架川は茂みの後ろを抜けて木立を飛び出した。「はい！」と直央も続き、光輔は刑事たちとの連絡用の無線機を摑む。年配の女性を尾行し、八田に封筒を渡すのを確認して逮捕するという算段だ。

体を低くして木立の前の遊歩道を横切り、架川と直央は東屋に走った。と、斜め前方を葵が駆けて行くのが見えたので、直央は小声で「葵さん！」と呼んだ。立ち止まった葵に駆け寄り、「こっちです」と手近な木の陰に連れて行く。架川は数人の刑事と合流し、丘を降りて行く年配の女性の追跡を開始した。

「琉果は？　本当に無事なんですか？」

切羽詰まった様子で葵が問い、直央は電話で琉果の無事を確認したと説明した。と、ジャケットのポケットでスマホが振動した。説明を続けながら取り出して確認した画面には、「お母さん」とある。不吉な予感が胸をよぎり、直央は「とにかく、琉果くんは大丈夫です」と念押ししてスマホを耳に当てた。

「もしもし？」

「あ、直央？　ねえねえ、そっちに八田さんいる？」

呑気（のんき）に問いかけられ、直央は混乱する。

「お母さん、何言ってるの？　それどころじゃ」

「あのね、トイレに行って出て来たんだけど、建物の裏に男の人がいるの。暗いから顔はわからないんだけど、そわそわしてしきりに髪の毛を弄（いじ）ってるのよ。その動きが一昨日（おととい）捜査会議で見た、直央の八田さんの真似にそっくりで」

どきりと胸が鳴り、直央はスマホを握り直して告げた。

「わかった。近くにいる刑事に確認してもらうから、お母さんはそこを」

「あっ。男の人が歩きだした。公園の出入口に向かってるわよ」

驚いたような真由の声に、ばたばたという足音が重なる。男を追って走りだしたのだと悟り、直央は声を大きくして語りかけた。

「追いかけなくていいから。そのままそこにいて」

「でも、このままじゃ――あの、すみません。八田さんですか？」

後半は、真由の声が遠ざかる。男に追い付き、スマホを下ろして声をかけたのだ。慌てて、直央は、

「お母さん、ダメ！」

と叫んだ。すると「えっ、ちょっと！」と真由も声を上げ、電話はぶつりと切れた。焦りにかられ、直央は葵に「ここにいて下さい」と告げて走りだした。

スマホをジャケットのポケットに突っ込み、芝生の上を走った。イヤフォンから自分を呼ぶ声がしたが、全部無視して丘を駆け降りる。架川たちの追跡を邪魔しないように遠回りして、園内を進んだ。

間もなく、中央に噴水がある広場に出た。広場の脇には平屋のトイレがあり、その先に真由が乗っていたセダンを停めた駐車場と出入口がある。

直央は広場を抜け、出入口に向かった。出入口は石畳で、中央に石造りの大きなモニュメントがあり、その脇に街灯が立っている。モニュメントの前で立ち止まり、肩で息をしながら周囲を見回していると、

「直央！」

と前方から呼ばれた。振り向いた直央の目に、出入口の先の通りに立つ二つの人影が映った。一人は真由で、もう一人と揉み合っているようだ。

「お母さん！」

そう叫び、直央は石畳の上をダッシュし、公園を出た。揉み合う二人に駆け寄り、立ち去ろうとするもう一人の腕を真由が摑んで足を踏ん張り、行かせまいとしているのだと気づく。そしてもう一人はスーツの上に黒いビジネスコートを着た男で、フレームの丸いメガネをかけている。

「八田！　動くな」

声を尖らせて呼びかけ、直央は腕を伸ばして真由が摑んでいない方の八田の腕を摑んだ。裏返った声で何か怒鳴り、八田は振り返って腕を振り回した。その腕の先の手はビジネスバッグの取っ手が握られていて、直央の腕や肩を打つ。

「やめろ！」

続けて呼びかけ、直央は片手でビジネスバッグを摑んだ。が、八田はビジネスバッ

グを自分の方に強く引き、直央の手を引き剝がした。

「痛っ！」

そう叫び、額を押さえてうずくまったのは真由だ。八田が引き寄せたビジネスバッグがぶつかったらしい。

「お母さん！」

とっさに八田の腕から手を放し、直央は真由に駆け寄った。その隙に八田は通りを走りだす。

「大丈夫。追って！」

片手で額を押さえ、顔を歪めながらも直央を見上げ、真由は促した。しかし直央は躊躇し、後ろを振り向く。八田は前のめりになりながら、ダッシュで通りを遠ざかって行く。

「いいから行って！　刑事でしょ」

真由がさらに促す。そのいつになく強い口調に押され直央が走りだそうとした矢先、

「コラ！」と聞き覚えのある声がして、誰かが脇を駆け抜けて行った。黒地に白いストライプのジャケットに包まれた、広い背中。架川だ。

架川はあっという間に八田に追い付き、後ろから黒いビジネスコートの衿を摑んで強く引いた。ぐえっ、という声が聞こえ、八田は立ち止まって身をのけぞらす。すか

さず、架川はその脚に足払いを食らわせ、八田はアスファルトの地面に仰向けでどすんと倒れた。

「八田昇一、公務執行妨害で逮捕する」

鋭い声と眼差しで告げ、架川は八田の腕を掴んで手錠をかけた。うめき声を漏らし、脚を動かした八田だが、仰向けになったまま抵抗はしない。

「架川さん!」

そう呼びかけて直央が駆け寄ろうとすると、架川は振り向き、怒鳴った。

「バカ野郎! また勝手をしやがって。次は助けねえぞ」

「はい、すみません!」

反射的に体が動き、直央は背筋を伸ばして頭を下げた。

「やだ〜。架川さん、やっぱりステキ」

呑気かつうっとりした声とともに、後ろで真由が立ち上がったのがわかった。

17

逮捕した八田を連れ、直央たちは花梨公園から桜町中央署に戻った。取調べが始まって間もなく、八田は着服と結城の溺死事件への関与を認めた。そこで容疑を業務上横領罪と殺人罪に切り替えさらに話を聞いたところ、日付が変わる頃、八田は自供した。

十三日前の夜。居酒屋を出た八田が一人になると、結城が声をかけてきた。驚く八田に結城は「息子が心配で我慢できず戻って来ました。病院に行ったら元気になったと知り、罪を償って一緒に暮らそうと決めた。警察に行って全部話します」と告げ、人目を避けて八田を尾行し、居酒屋で声をかけるタイミングをはかっていたとも話した。

焦った八田は、「まず何か食え。ひどい顔してるぞ」となだめて結城を目立たない場所にある飲み屋に連れて行った。そこで自首を思い留まるよう説得したが、アルコール依存症を患っていた結城は浴びるほど酒を飲み、これを突っぱねた。話は堂々巡りとなり、午後十一時過ぎに結城は「警察に行く」と飲み屋を出る。八田も飲み屋を出て説得を続け、二人は花宵川沿いの通りに入った。しかし結城は頑なで、現場に差しかかった時、八田は「そんなに自首したきゃしろ。だが、僕を巻き込むな。全部お前一人でやったことにしろ」と逆ギレする。すると結城も逆上し、「そうはいくか」と証拠の存在を明らかにした。証拠は不正経理の全てを記録したいわゆる裏帳簿で、逃亡前、ある場所に隠したという。

それを聞いた八田は「金を受け取っておきながら卑怯な真似をしやがって」と摑み

かかり、二人は揉み合いになった。その拍子に八田は結城の背中を金網フェンスに押しつけたが金網フェンスは外れ、結城は川に転落した。焦った八田は「結城！」と呼びかけるが、結城の反応はない。うろたえながらも「酔って自分で飛び込んだことにすれば、丸く収まる」と考えた八田は、金網フェンスを元に戻して指紋などの痕跡を消し、その場を立ち去った。

ここまでは、裏帳簿の存在を除けば、直央が捜査会議で演じて見せたのと同じだ。しかし、その後の流れ、さらに着服事件の真相は、直央と光輔の推測とは異なるものだった。

「では、二つの事件の裏には、ある人物がいると言うんですね？」

向かいに立つ直央が問いかけると、机に着いた八田はこくりと頷いた。それを確認し、直央はさらに問うた。

「ある人物とは？　氏名を教えて下さい」

「森上航。愛眠堂の社長です」

八田が答える。同じ答えを既に一度聞いているが、直央は驚きを覚えた。しかし表には出さず、「わかりました」と返して隣で八田と向かい合って席に着く光輔を見た。

逮捕から一夜明けた午前八時過ぎ。桜町中央署三階にある刑事課の取調室で、八田の聴取が再開された。直央は光輔と架川が行うのだろうと考え、矢上や他の刑事とともに聴取の様子をモニターできる隣室に入ろうとした。が、架川は「お前がやれ」と直央に告げ、矢上もこれを「やってごらん」と許可した。これまでも窃盗犯などを聴取した経験はあるが殺人事件の被疑者は初めてで、直央は緊張を覚えつつも「はい」と答え、光輔とともに取調室に入った。

「森上が二つの事件にどう関わっているのか、説明して下さい。一晩経って、忘れていたけど思い出したことなどもあるでしょう」

机上に乗せた手を軽く組み、光輔は淡々と促した。「はい」と力なく答えた八田は、昨夜と同じスーツ姿だがノーネクタイで、青ざめた顔にはうっすらとヒゲが生えている。取調室は奥に小さな窓、手前にスチール製の机と椅子がセットされた狭くて殺風景な部屋だ。傍らの壁に取り付けられたマジックミラーと、天井に仕込まれたマイク越しに隣室の架川たちがこちらの動静を覗う気配を感じた。

一呼吸置き、八田は話しだした。

「最初は三年前でした。ちょうどセールの時期だったんですが、森上社長に呼び出され、『セール対象外の複数の商品を値引きしたように装い、現実の売り上げ金との差額を自分に渡せ』と命じられました。抵抗を覚えましたが差額は五十万円ほどでしたし、一割を僕にくれるというので、つい応じてしまったんです。しかしその後も同様の手口での偽装と売り上げ金との差額、つまり裏金の要求は続いて、金額も百万円、三百万円、五百万円と増えていきました。その都度、社長はお金の一部をくれるので、僕も断るタイミングを失ってしまって」

そこで言葉を切り、八田は小さく息をついた。声をかけようとした直央を光輔が目で制し、やがて八田は話を再開した。

「そうこうしているうちに、経理部に結城くんが異動してきた。その頃には作った裏金は一億円近くになっていて、僕はいつバレるかとヒヤヒヤしていましたが、結城くんは息子の病気のことで頭がいっぱいな様子でした。しかし社内の別の人間が不正経理に気づき、噂になり始めた。すると社長は『裏金を全額結城に渡し、やつを身代わりにして逃亡させよう』と言いだしたんです。僕は反対しましたが社長は聞かず、仕方なく既に使ってしまっていた分は借金などで補塡し、受け取った裏金を社長に返しました。呼び出された結城くんは、初めは『そんなことはできません』と拒否しました。でも『息子を助けたくないのか』と迫られ、ついには一億円を受け取ってしまった。そして数日後、この街を出て行ったんです」

一気に話して八田はがっくりとうなだれ、直央は問うた。

「結城葵さんは、今の話を知っているんですか？」

「いえ。社長は結城くんに、『一億円はカンパと借金だと言え』と命じていました」

「だからって、何で今まで」

信じられない想いで直央が身を乗り出すと、八田は「すみません。すみません」と悲鳴めいた声を上げて頭を抱えた。光輔が今度は軽く手を上げて直央を制し、穏やかに呼びかけた。

「八田さん。結城さんが裏帳簿を持ち出すまでの経緯を教えて下さい」

「結城くんは、『逃亡するまでの間に不正経理を洗い出し、裏帳簿を作った』と話していました」

「なるほど。では、溺死事件について訊きます。昨夜の話では、あなたは事件の翌朝、森上航に起きたことを伝えたそうですね。すると森上は？」

「『勝手なことをするな』と責められました。そのうえ『裏帳簿を捜し出して処分しろ』と言われたので、『これ以上は無理です』と訴えたんです。でも、『お前は着服の共犯だけではなく、人殺しまでした。警察に捕まったら一生刑務所から出られないぞ』と脅され、従うしかなかった」

「それで何者かを雇って結城葵さんのアパートを漁らせたが、裏帳簿は見つからず。すると彼女から証拠を売るというメールが届き、今度は女を雇って『息子は預かった』と表示されたスマホで脅し、証拠を奪おうとした。昨夜あなたは森上に命じられ、取引の様子を見張っていたんでしょう？」

「いきさつはどうあれ、あなたが罪を犯したことに変わりはない。しかし同時に、あなたもまた被害者だとわかりました。辛かったでしょう」

「その通りです」

そう語りかけられ、八田が顔を上げた。涙で濡れたメガネのレンズ越しに光輔を見る。そして「はい」と細い声で応え、また「すみません」と繰り返して泣き始めた。

前髪を弄ったり、逆ギレしたりする力も残っていないのか。本当のことを言っているのかも。そう感じた直央だが釈然としないものも覚え、ジャケットのポケットからティッシュを出して八田の前に置いた。八田が涙を拭い、洟をかむのを待って直央は訊ねた。

「今の話が事実だと証明できますか？　会話を録音したとか、あなたも裏帳簿をつけていたとか」

充血した目と鼻声で、八田は答えた。

「いいえ。でも、社長に話を聞けば」

「いくら警察でも、証拠なしに人を追及できません。ましてや罪状は一億円もの着服と、不法侵入に脅迫ですから」

「そんな」

呆然とした八田だが、はっとしたようにこう続けた。

「アパートの窃盗犯と、昨夜の取引の女は？　二人に指示を下したのは僕ですが、雇ったのは社長です。一介のサラリーマンの僕に、盗みや脅しを請け負う人を雇うお金や人脈はありません」

言葉に説得力があったがまだ釈然とせず、直央は黙った。すると光輔が、

「ふうん」

と呟（つぶや）き、何か考えるような顔で視線を泳がせた。

その後しばらく話を聞き、午前中の聴取は終わった。八田は留置場に戻され、直央と光輔は取調室を出た。同時に隣室のドアが開き、架川と矢上たちが出て来た。

「俺の見立て通りだったな。八田にメールを送った時に言ったろ？　引ったくり程度ならネットの闇サイトで見つかるだろうが、窃盗はそうはいかねえと」

みんなで廊下の隅に移動すると、架川は言った。その顔を見て、直央は訊ねた。

「首謀者は森上なんでしょうか。なんかショック。だって愛眠堂の経営は安定しているし、森上を洗っても不審点は見つからなかったんでしょう？　何より、職人気質（かたぎ）で真面目そうなあの社長が、そんな悪事の数々を――」

「そう見えた？」

隣の直央を見て、光輔が訊ねた。「なんですか？」と問うと、光輔は言った。

「その『職人気質で真面目そう』の根拠は、鑑取りした時の印象でしょ？　水木さん

は森上が創業当時の作業服を着続けてるのと、解雇した結城を『うちの』と呼んだのに感銘を受けてたもんね」

「ええまあ」

「でも、着続けてるって割には明らかに新品でサイズも合っていなかった。明らかにパフォーマンスで、『うちの』呼びも同じだね」

笑みを浮かべながらも冷ややかに、光輔は語った。直央は森上の糊の効いた作業服と、長めの袖をたくし上げる仕草を思い出し、はっとする。

本当によく見てるし、薄気味悪いぐらいの記憶力。気持ちの切り替えができ、直央は矢上に問うた。

「課長。今後の方針は？」

「八田をアゲたことを口実に、任意で森上に話を聞くよ。で、矛盾点があれば、一気に切り込む……水木さん。聴取に立ち会う？」

「いいんですか？　ぜひ」

矢上の誘いに胸を弾ませて答えてから、直央は傍らを見た。光輔は笑っているだけだったが、架川は「行ってこい」と顎で廊下の先を指す。「ありがとうございます！」と返し、直央は歩きだした矢上と刑事たちの後を追った。

18

翌朝。応接室のドアを開け、直央は廊下に出た。続いて光輔と真由、葵も出て来る。時刻は午前九時過ぎで、桜町中央署三階の廊下は職員たちが行き来している。森上の逮捕を受け、葵と真由を署に呼んでいきさつを説明した。

四人でエレベーターホールに向かおうとした矢先、廊下の手前から刑事たちの一団が歩いて来た。一団の真ん中にいるのは、両手に手錠をはめられたダウンジャケットにスラックス姿の男。頭にダウンジャケットのフードをかぶって俯（うつむ）いているが、森上航だとわかる。

一昨日（おととい）の夜、花梨公園で葵を脅迫した女が「森上に雇われた」と供述した。さらに昨夜鑑識係から「結城のノートパソコンから裏帳簿が見つかった」と連絡があった。結城は一見そうとは気づかない形式で裏帳簿のデータを保存していて、そこには森上と八田がいつ、どんな名目でいくら裏金を作ったのか克明に記されていた。そこで矢上は逮捕状を取り、業務上横領と脅迫の容疑で森上を逮捕した。

一団が、直央たちの前に差しかかった。顔を険しくした真由が呼びかける。

「森上さん」

が、森上は俯いたままだ。「ちょっと」と、真由は廊下の先に進む一団を追おうとした。直央は止めようとしたが、それより早く葵が「いいんです」と真由の腕を摑(つか)んだ。

「だって」

足を止めて振り向き、真由は遠ざかって行く一団と葵を交互に見た。直央と光輔も視線を向けると、葵はこう返した。

「森上さんと八田さんのしたことは許せない。でも、夫は森上さんが持ちかけた取引を受けてしまった。息子のためとはいえ、罪を犯したのは夫も同じです」

「そうだけど。でも」

葵の顔を覗(のぞ)いて言いかけた真由だが、先が続かない。代わりに直央が口を開こうとしたが、何をどう言ったらいいのかわからず、その場に沈黙が流れた。

現状得た情報では、森上は愛眠堂の創業者である父親に厳しく育てられたらしい。スーツではなく作業着を着たり、社員を「うちの○○」と呼ぶのも父親の流儀で、森上も倣うように命じられた。しかし森上はそれを窮屈に感じていて、父親の死後社長に就任すると羽目を外しだす。表向きは真面目に振る舞いながら、銀座(ぎんざ)や六本木の会員制クラブで豪遊したり、怪しい投資話にお金をつぎ込んだりした。結果、知人から多額の借金をしてしまい、「必ず返すから、表沙汰(おもてざた)にしないでくれ」と土下座し、会社のお金に手を付けたという訳だ。

「それに、琉果にどう話したらいいか」

沈黙を破り、葵は話を続けた。真由と直央、光輔がそれを聞く。

「自分が元気になったのは法を犯して得たお金のお陰で、しかもそのせいで父親は亡くなった。そんなこと、私の口からはとても」

言葉に詰まり、葵は俯いた。白いカーディガンに包まれた肩が、小さく震えだす。

と、光輔が言った。

「話さなくてもいいんじゃないですか」

驚いたように葵が涙で濡れた顔を上げ、直央と真由も光輔を見る。

「話さなくても、いずれは琉果くんも起きたことを知る。その時、葵さんは琉果くんを支えて、何か訊かれたら正直に答えてあげて下さい。どんなに残酷な真実でも、隠されたり、ごまかされたりするよりはずっといい」

淡々とした口調。しかし直央には、最後のワンフレーズだけ力を込めて語ったように感じられた。

「でも、琉果はまだ四歳ですよ。真実を知るのは何年も先だろうし、それまでそんな秘密を抱えられるかどうか」

指先で涙を拭い、葵はため息をついた。すかさず、真由が言う。

「大丈夫。だって、やることがいっぱいあるじゃない。琉果くんの世話に仕事に……葵さん、愛眠堂にお金を返すって言ってたわよね？」

明るく迫られ、葵は「はい」と頷く。すると真由はテンションを上げ、こう告げた。

「来るべき時が来るまで、やるべきことをやればいいのよ。そうすれば自分を見失わないし、道も誤らない。秘密があるのは悪いことじゃないし、秘密を抱えていても、貫ける正義はあるのよ」

葵ははっとしたように真由を見返し、直央も知らず真由の言葉を噛みしめてしまう。

「でしょ？　蓮見さん」

そう問いかけ、真由はにっこりと笑った。ふっくらとした頬に、えくぼが浮かぶ。

わずかな間があり、光輔は曖昧に「ええ」と頷いた。てっきりいつもの笑顔を返すと思っていたので違和感を覚え、直央も会話に加わろうとした。が、それより早く真由が言った。

「とにかく、何かおいしいものを食べましょ。そうすれば元気が出るわよ。この近くに、オムライスがおいしい喫茶店があるみたいなの」

調子よく喋り、真由の背中を押して歩きだす。唖然とした直央だが、葵は笑って「はい」と応えた。光輔は何も言わない。

そのまま四人でエレベーターホールに向かい、真由と葵はエレベーターに乗り込んだ。真由は「じゃあね」と手を振り、葵は「お世話になりました」と頭を下げる。直央と光輔も頭を下げるとドアが閉まり、エレベーターは下降して行った。

どっと疲れを覚え、直央は隣を見た。口を開こうとした矢先、光輔が言った。

「あれ。架川さんは？」

「今ごろ気がついたんですか。半休を取るって、朝イチで連絡がありましたよ。『ヤボ用だ』とか言ってましたけど」

架川のぶっきら棒かつ偉そうな口調と表情を真似、直央は説明した。笑うか呆れるかするだろうと思われた光輔だが「ヤボ用？　ふうん」と呟き、身を翻して廊下を戻りだした。さっきの違和感が蘇るのを感じながら、直央も身を翻して後に続いた。

19

同じ頃、架川は秋葉原にいた。駅にほど近いガード下で、向かいの通りをひっきりなしに車が行き来し、頭上の線路を数分に一度、電車が通過する。と、薄暗がりの中を男が一人近づいて来た。中背だが、がっしりとした体格の中年男。兵庫県警の樋口勝典だ。

「よお。昨日は電話をありがとうな」

寄りかかっていた壁から体を起こし、架川は笑いかけた。その脇で立ち止まり、樋口は返した。

「なんや、元気そうやないか。慣れない所轄暮らしで、げっそりしとるんちゃうか思うてたわ」

軽口を叩(たた)きながらも、周囲に目を配るのは忘れない。それはコンビを組んでいた頃と同じだが、ごつい顔にはシワが増え、三分刈りの髪は生え際が少し後退したようだ。笑って「うるせえよ」と返してから真顔に戻り、架川は本題を切り出した。

「鷲見利一はどうだ？」

「あんたが言った通り、動きよったわ。昨日の午前中に神戸を出て、新幹線でこっちに来た。今回はプライベートっちゅうことで、お供は鷲見組の若頭(カシラ)補佐と若中(わかちゅう)の二人だけ。東京駅からそのまま汐留(しおどめ)にある長女のマンションに入りよった。俺らは警視庁の組対と合流して張り付いとったが、昨日は動きなしや」

大きな目を鋭く光らせながら、架川の耳に口を寄せて語る。暴力団組織において若中は子分を指し、その筆頭が若頭だ。若頭は組長に次ぐポストで、若頭補佐は文字通りその補佐役となり、大きな組織では数人いるのが通例だ。頷き、架川はさらに問うた。

「だが、来客はあったんだろ？」

「ああ」と樋口が答えた直後、頭上の線路を電車が通った。ガード下は轟音に包まれ、樋口はダークグレーのスーツのポケットから写真を数枚取り出し、無言で差し出した。受け取った架川が目をこらして写真を確認していると、電車が通過して轟音は止んだ。

「こいつは鷺見組の二次団体・戸山連合組長の萱島だな。鷺見の直参だから、挨拶に来るのは当然だ」

写真の一枚に写る、若中を数人引き連れた年配の男を指して架川は言い、樋口がうんうんと頷く。暴力団は本体を一次団体と言い、その幹部が一次団体に籍を置いたまま自分の組を持つと二次団体、二次団体の幹部が組を持つと三次団体となる。

架川は写真を捲り、二枚目を見た。写っているのは、背が高く痩せた猫背の中年男。

「日星エステートの三田雅暢。姿を現しやがったな」

手応えを覚え呟くと、樋口が感心したように言った。

「よう知っとるな。ハミングバードっちゅうファミリーレストランにおったんやけど、使い込みがバレてクビになったところを鷺見に拾われたらしい。鷺見に金を出してもろうて日星エステートを立ち上げたらしいが、まあ使いっ走りやな」

丁寧な説明だったが当然架川は知っているので、「ああ」とだけ返して次の写真を見る。そこに写った小柄な若い男を指し、架川は訊ねた。

「見覚えのない面だな。半グレか？」

「半グレ？　ちゃうちゃう。そいつは田頭ゆうて、姫路の市会議員やった男や。収賄疑惑で辞任したんやけど、父親は厚生労働省のキャリア官僚らしいで」

「厚労省？　鷲見との繋がりは？」

「さあな。組対の連中は、ここんとこ三田の後に付いて回っとる言うとったが……おっと、こんな時間か。すまん、もう行かんと。しばらくこっちにいるさかい、今度飲もうや」

腕時計を覗き、樋口が申し訳なさそうに告げる。片手を上げ、架川は返した。

「おう。またネタが上がったら報せてくれ」

「わかった……にしてもあんた、相変わらずその格好か。コテコテやな」

もと来た道を戻りながら、樋口が架川のライトグレー地に赤いストライプのダブルスーツを指して笑う。「ほっとけ」と架川も笑うと、樋口は前に向き直って脚を速めた。その背中が雑踏に消えるのを見届け、架川は写真をジャケットのポケットにしまった。そしてスラックスのポケットからレンズが薄紫色のサングラスを出してかけ、歩き始めた。

ガード下を出て、裏道を選んで目的地に向かった。オフィス街を再開発したエリアで、ブティックやカフェなどが入ったビルが並んでいる。その一棟の手前に数台のセダンが停まり、スーツ姿の男たちが歩き回っている。揃って体格がよく目つきの悪い男たちは、本庁と兵庫県警の捜査員。ビルの玄関前に停められた、鷲見組の白い高級ワンボックスカーを見張っているのだ。ワンボックスカーの脇には鷲見組の若中と思しき男が立ち、捜査員たちを睨んでいる。その様子を確認し、架川は裏道をさらに進んだ。

遠回りしてワンボックスカーが停められたビルと隣接するビルの敷地に入り、建物の脇から裏に抜ける。狭い通路を抜け、フェンスもよじ登ってワンボックスカーが停められたビルの敷地に入った。そのままビルの裏口に向かい、ドアをノックした。ややあってドアは開き、若い男が顔を出した。

「やつは？」

短く問うと、若い男は「います。どうぞ」と答えて架川をドアの中に招き入れた。青いジャージの上下を着た従業員の若い男に続き、段ボール箱が載ったカートが左右に置かれた狭い廊下を進んだ。若い男は廊下沿いのドアの一つを開けて入り、架川も付いて行く。また狭い廊下があり、その突き当たりのドアの前で若い男は立ち止まった。

「奥のボールプールの前です」

「わかった。約束の金だ」

そう告げて、架川はジャケットのポケットから出した封筒を若い男に渡した。封筒の中身を確認している若い男の脇を抜け、ドアの外に出る。

天井の高い、広々とした部屋に白い柱が等間隔で並んでいる。ここは屋内型の子どもの遊び場、通称・キッズパークで、柱と柱の間にはトランポリンやブランコなどの遊具が置かれ、奥にはゴーカート場も設えられている。開場の午前十時までは三十分ほどあり、場内はがらんとしているが、奥には人の気配がある。その気配に向かい、架川は足音を忍ばせて前進した。

奥の白いロールカーテンを下ろされた大きな窓の前に、ボールプールがあった。二十メートル四方ほどのビニールプールに、色とりどりの小さなボールが入っている。その手前の一角に、三、四歳ぐらいの女の子が座っていた。向かいにはベンチがあり、若い女と年配の男が座っていた。年配の男は鷲見利一、若い女と女の子は鷲見の娘と孫だ。ベンチの脇には、ボディガード役と思しき鷲見組の若中も立っている。それを見ながら、架川はボールプールの手前にある柱の陰に身を潜めた。混乱を避けるために、鷲見が手を回して開場前のキッズパークを借り切ったのだろう。

鷲見の娘が日本画家と結婚し上京したのは、架川が本庁の組対四課にいた時だ。やがて娘夫婦には女の子が生まれ、鷲見は孫を溺愛しているという噂が流れた。しかし指定暴力団の組長が動けば子分と警察も動き、大ごとになる。なので娘の方が度々孫と里帰りをしていると聞いており、今回の鷲見の上京は異例だ。奥多摩の土地の再開発計画、さらに先月起きた高輪の事件と関係している可能性は高い。そう架川が頭を巡らせていると、場内の手前から、さっき架川をここに招き入れた従業員の若い男が歩いて来た。柱の脇を抜ける時、架川に目配せをした若い男は、まっすぐボールプールに歩み寄った。真っ先にボディガード役の若中が振り向き、鋭い目で若い男を見る。構わず、若い男はベンチの後ろで立ち止まって会釈をした。

「そろそろお時間ですが、何かございますか？」

「ううん。楽しませてもらってるよ。ありがとう」

振り向いて、娘は答えた。愛想はいいが、タメ口。身につけた仕立てのいいワンピースといい、傍らに置いたシャネルのバッグといい、いかにも九千人近い構成員を束ねる組長の娘といった風情だ。

「そうですか……新しくできた滑り台は滑った？　長さが三十メートルもあるんだよ」

後半はボールプールの中の孫娘に向かい、若い男は語りかけた。とたんに、孫娘は立ち上がって叫んだ。

「滑ってない！　行く」

淡いピンク色のフリースジャケットにジーンズ姿で、くりくりとした目がいかにも利発そうな子だ。娘も「うん、行こう」と立ち上がり、ボディガード役の若中に告げた。

「あんたも来て。この子と一緒に滑ってあげて」

「自分ですか？」

戸惑ったように、若中が返す。すると娘は当然のようにさらに告げた。

「他に誰がおるん？　私にこの格好で滑れ言うんか？」

さらに戸惑った様子になった若中だが、娘の隣の鷲見が「行け」と言うように手を動かすと、「はい！」と直立不動で応えた。孫を抱き上げた娘と若い男が歩きだし、若中が続く。ボールプールの前に残ったのは、鷲見だけだ。娘たちが場内の脇に歩き去るのを待ち、架川はサングラスを外して柱の陰から出た。ベンチの鷲見に近づき、後ろから声をかける。

「久しぶりだな」

カシミアと思しき黒いコートに包まれた背中が動き、鷲見がゆっくりと振り返った。櫛目も鮮やかにセットされた白い髪と日焼けした顔。白い眉の下の目は穏やかだが、強い光を放っている。

「架川さんか。貸し切りにしたはずだが、さては」

低いがよく通る声で応え、鷲見は娘たちが歩き去った方を見た。何かを悟ったらしく、「相変わらず手際がいいな」と笑った。アクセントは怪しいが、標準語。非関西圏の人間には関西弁は使わないというのが、昔からの鷺見の流儀だ。

「従業員には、無理矢理協力させた。仕返ししたりするなよ」

架川が釘を刺すと鷺見はさらに笑い、

「するもんか。時代が違うよ」

と言い返した。笑顔も声も明るいが、過去には服役経験もある要注意人物だ。さらにその全身から放たれる威圧感はすさまじく、鷺見とは過去に十回以上会ったことのある架川でさえ、緊張を覚えるほどだ。ベンチの脇に移動し、架川は本題を切り出した。

「そうだな。半グレに貸しを作って悪巧みなんざしようもんなら、一発で潰される。たとえバックに、警視庁の身内がいたとしてもだ」

「何のことやら。だが、あんたの噂は聞いてるぞ。所轄でもハデにハネてるんだって？　若いのを巻き込んで……一人は元兵庫県警で、もう一人は女刑事らしいな。面白いじゃないか」

架川を見上げて返し、いかにも面白そうに笑う。こっちの状況は把握してるって警告か。そう言い返してやりたくなったが堪え、架川は告げた。

「まあいい。今日は挨拶に来ただけだ。また近いうちにツラを突き合わせることになりそうだからな。だろ？」

「さあな」

真顔に戻り、鷲見が鋭い眼差しを向ける。それを受け止め、架川はさらに言った。

「うちの若いのにも、近々会うことになる。言っておくが、二人とも俺以上にハネてるぜ」

鷲見は無言。しかし眼差しは鋭さを増したようだ。架川も鷲見をひと睨みし、身を翻した。両手をスラックスのポケットに入れ、来た道を戻りだす。鷲見は無言のままだったが、背中に射るような視線を感じた。

仁義は切った。あとはどちらかが倒れるまで、闘うだけだ。背中の視線をはね除けるつもりで心の中で呟き、架川は歩き続けた。

第二話　正義と秘密と

1

静まりかえった廊下に、アルミ製のワゴンのタイヤが回転する細い音が流れた。廊下にはオフホワイトのカーペットが敷かれ、左右の壁に木製の大きなドアが一枚ずつある。

「そうだ」

ワゴンを押す手を止め、中年女が振り返った。後ろを歩く秋場圭市も立ち止まる。

「あなた、新人でしょ？　次の部屋には気をつけてね。一泊八十五万円のスイートルームで、家具は高級品。バスタブと便器も、他の部屋と違う洗剤を使うの」

中年女は告げ、ワゴンを指した。洗剤やブラシの他、補充用の歯ブラシや石けんなどが詰め込まれ、脇にはコードレスの掃除機もぶら下げられている。俯き加減で中年女の目を見ず、圭市は応えた。

「……はい」

「それと、お客様にも要注意……ここだけの話、カタギじゃないらしいの。ずっとあの部屋に泊まってるんだけど、しょっちゅう人を呼んで大騒ぎしてるんだって。だからみんな、あそこを担当したがらなくてね」

今度は前方のドアの一枚を指し、中年女は潜めた声で語った。小柄で小太りの体を制服の黒いシャツとパンツで包み、頭には三角巾も着けている。同じものを身につけた圭市は「……はあ」とだけ返し、目を伏せた。ため息をつき、中年女が言う。

「覇気がないわねえ。大丈夫？　ちゃんと朝ご飯食べてきた？」

「……はあ」

そう圭市が繰り返すと、中年女は諦めたように「挨拶だけはちゃんとしてよ」と告げ、歩きだした。

ドアの前まで行き、中年女は壁のチャイムのボタンを押した。ややあってドアが開き、男が顔を出した。歳ははたちそこそこに見えるが、三分刈りにした髪を金色に染め、首に蛇のタトゥーを入れている。

「おはようございます。お掃除に参りました」

満面の笑みで中年女が告げると、タトゥーの男は無言でドアを大きく開けた。「失礼します」と一礼し、中年女はワゴンを押して室内に進んだ。「……します」とだけ言い、圭市も続く。短い廊下を抜け、リビングルームに入った。広々とした角部屋で、大きな窓の向こうには東京タワーと雪に覆われた富士山が見える。

ここは眺望のよさと値段の高さで知られる、東京・六本木のホテルの四十五階だ。窓の手前には大理石のローテーブルと、それを囲むように大きさとデザインの違うソファが四、五台置かれている。確かにどれも高そうだが、ローテーブルの上にはシャンパンの空瓶やグラス、汚れた皿などが載っている。空瓶はソファの座面にも転がり、床の上には丸めたナプキンやフォークなども転がっていた。

「言った通りでしょ?」とでも言いたげに圭市に目配せし、中年女はリビングルームの手前にワゴンを停めた。そして片手に洗剤とブラシの入ったバケツを提げ、「じゃ、よろしくね」と告げて廊下の脇のバスルームに向かった。無言で頷き、圭市は奥の窓の脇に置かれたゴミ箱に歩み寄った。傍らには木製の大きなテーブルが置かれ、そこにセットされた椅子にはさっきのタトゥーの男が座り、煙草をふかしている。この部屋は禁煙のはずだが、お構いなしだ。テーブルの上も派手に散らかり、昨夜の宴の盛り上がりぶりが想像できる。

圭市がゴミ箱の中身をゴミ袋に空けていると、部屋の向かい側のドアが開いた。そこは寝室らしく、出て来たのはバスローブ姿の若い男。この部屋の宿泊客だ。引き締まった体つきで目鼻立ちも整っているが、顔色は悪くダークブラウンに染めた髪もぼさぼさだ。

「掃除機はかけなくていい」

目が合うなり言い、宿泊客の男はワゴンのコードレスの掃除機を顎で指した。二日酔いの頭に音が響くからか。そう察し、圭市は返事をしようとしたが、男は窓際のソファに歩み寄り、一台にどっかりと座った。そして片手を挙げ、「おい、水」と不機嫌に告げる。「はい」とタトゥーの男が立ち上がり、煙草をテーブルの上の皿に押しつけ、その脇のミネラルウォーターのボトルを取った。ボトルを開栓し、宿泊客の男に歩み寄って渡す。その様子を、圭市はゴミ箱を床に戻しながら窺った。

「スマホは？」

頭痛がするのか整った顔をしかめ、宿泊客の男は訊ねた。「ここです」と返し、タトゥーの男はジーンズのポケットからルイ・ヴィトンのケースが装着されたスマホを出した。それを受け取った宿泊客の男だが、画面を一瞥するなり、

「充電しとけって言ったろ」

とぶっきら棒に告げた。タトゥーの男は「すみません！　今やります」と手を差し出したが宿泊客の男はそれを無視し、スマホをローテーブルに置いた。キャップを床に捨て、ボトルを持ち上げてミネラルウォーターを飲む。床に落ちたゴミを拾う圭市の耳に、宿泊客の男の喉が鳴る音が聞こえた。

ボトルをローテーブルに置き、宿泊客の男はスマホを取って操作し、耳に当てた。ほどなくして相手が出たらしく、

「三田さんですか？　おはようございます」

と、別人のような朗らかな声と笑顔で語りかけた。相手が何か言う様子があり、宿

泊客の男は「今ちょっといいですか？」と訊ねた。相手が答え、男は「ありがとうございます」と会釈してこう続けた。

「この間お願いした件なんですけど。おっしゃることはわかるんですよ。でも、せっかくあの方が上京されてるんだし、ぜひ一度」

と、その言葉を遮るようにして相手が何か言った。それを聞き、男は媚を含んだ声で返した。

「そうおっしゃらず。ご挨拶だけでいいんで一時間、いや、三十分だけでも――」

とたんに相手が強い口調で何か返し、宿泊客の男は黙った。ゴミをゴミ袋に入れて圭市が振り向くと、男は「そうですか。わかりました」と言った。低く抑揚のない、怒りを抑えているとわかる声だ。その後、一言二言話して通話は終わり、男はスマホを下ろした。と思いきや、

「ふざけんな、あの野郎！」

と怒鳴り、立ち上がってスマホを床に叩きつけた。タトゥーの男がぎょっとして身を引き、宿泊客の男はさらに怒鳴った。

「パシリのクセに、見下しやがって。俺を誰だと思ってんだ！」

ソファの前に仁王立ちし、肩を怒らせる。ゴミ袋を手にそれを見ていた圭市だが、気配に気づいたのか宿泊客の男が振り返った。

「なに見てんだ、コラ！」

髪と同じ色に染めた眉を吊り上げ、すごむ。とっさに睨み返しかけた圭市だが、かろうじて堪え、「すみません」と俯いて見せた。すると、バスルームから中年女が飛び出して来た。

「すみません！　この子は入ったばかりで……ここはいいから、あっちをやって」

前半は頭を下げながら宿泊客の男に、後半は潜めた声で圭市に告げ、バスルームを指す。圭市は「……はい」と応えて中年女にゴミ袋を渡し、その場を離れた。後ろから宿泊客の男をなだめるタトゥーの男と、謝罪する中年女の声が聞こえた。

その後十五分ほどで掃除を終え、圭市と中年女はスイートルームを出た。とたんに中年女の説教が始まり、それは他の部屋の掃除をしている間も続いた。二人は正午前に一階にあるバックヤードに戻り、休憩に入った。

圭市は裏口からホテルを出て、通路を進んだ。晴天だが陽の当たらない通路は寒く、吐く息も白い。周囲を窺いつつ、圭市はパンツのポケットからスマホを出した。

2

同じ頃、水木直央は運転中だった。桜町中央署のセダンに乗り、管内の通りを走っている。十一月も半ばを過ぎ、行き交う人はコートやダウンジャケットに身を包み、建ち並ぶビルにはクリスマスのデコレーションをしているところが目立つ。と、運転席の座席がどすんと蹴られ、愛想の欠片もない声がした。

「おい。停めろ」

架川英児だ。ダークグレーにライトグレーのストライプのダブルスーツ姿で、脚を組んで後部座席に座っている。

「言ってもらえばわかりますよ。なんで蹴りとワンセットなんですか」

直央はぼやき、ウィンカーを出してセダンを通りの端に停めた。

「あの車。さっきここを通った時も、あそこに停まってた」

顎で通りの向かい側を指し、架川が告げる。横を向いた直央の目に、行き交う車の向こうの青いセダンが映った。運転席と助手席に人影があり、リアウィンドウにはスモークフィルムが貼られている。

「確かに」

そう頷いたのは、助手席の蓮見光輔。全く気がつかなかったが、直央も頷く。二時間ほど前、三人でパトロールに出た。管内を廻り、昼休みになったので帰署するところだった。

「行くぞ。職務質問だ」

意気込んで告げ、架川は組んだ脚を解いてシートベルトを外した。直央が言う。

「ちょっと前に、自ら隊のパトカーとすれ違いました。無線で呼びましょうか？」

「ボケ。手を抜いてんじゃねえよ」

「違いますよ。プロが近くにいるんだし、任せた方がいいかなあと」

自ら隊とは自動車警ら隊の略だ。隊員は二人ひと組でパトカーに乗り、担当区域をパトロールしている。車の中からも不審者や不審車両のわずかな動きを見逃さない、ばんかけのスペシャリストだ。

「俺らだってプロだろ。警察から給料もらってんのに代わりはねえ」

身を乗り出し、架川がすごむ。直央が「そういうことじゃなく」と返しかけると、

「まあまあ」と光輔が割り込んできた。

「ごもっともですが、あれは桜町中央署の生活安全課の車ですよ。多分、何かの事件の張り込み中でしょう」

「なに!?」

架川が声を上げ、直央も驚いて隣を見る。

「蓮見さん。うちの覆面パトカーのナンバーを全部覚えてるんですか？」

「まあ、何となくね」

曖昧に答えた光輔だったが、直央はさらに驚き、架川はぶすっとして黙る。「それ

より」と光輔は続けた。

「来週の金曜日。日比谷の光都ホテルで、奥多摩の土地の再開発計画に関する記者会見が開かれるそうだよ。参画企業の幹部ほか主要メンバーが出席するから、記者会見が終わればじきに工事着工——なんてことは、とっくに知ってるか。水木さんのおじいさんは、参画企業のリーダーだもんね」

滑舌よく語り、いつもの笑顔を直央に向ける。

「知りません。祖父とは、職場を訪ねた時から連絡を取っていないし」

そう返しながら、直央の頭に二週間ほど前に帝都損害保険の副社長室で交わした、祖父・津島信士とのやり取りが蘇る。

「ふうん。でも、おじいさんにもらったボールペン型のボイスレコーダーは使ってるよね？」

「使い慣れているからです。マイクロSDカードを抜かれたままで録音できないし、ただのペンですよ」

説明しているうちに腹が立ってきて、直央は「見せましょうか？」と光輔に問いかけ、後部座席に置いた黒革のトートバッグに手を伸ばした。ボールペン型のボイスレコーダーは手帳に挿してあり、マイクロSDカードが抜かれたままなのは本当だ。しかし、信士と会った時にそのマイクロSDカードを返され、以後、持ち歩いていることは言えない。

「やめろ。内輪揉めしてる場合じゃねえだろ。今こそ一致団結、一枚岩になって闘う時だ」

　今度は架川が割り込んできた。手を引っ込め、直央は訴えた。

「だって蓮見さんが……自分で『一時休戦だ』って言ったクセに」

「僕は事実を述べただけだよ」

　しれっと返され、直央が溜め込んでいた不満をぶつけたくなった矢先、車内にベルの音が流れた。「俺だ」と銀色のスマホを取り出したのは、架川。

「圭市からだ」

　スマホの画面を見て告げると、光輔は「スピーカーにして下さい」と促した。通話とスピーカーのボタンを押し、架川は電話に出た。

「おう」

「……どうも。言われた通り、永瀬良友のネタを取りましたよ」

　早速、秋場圭市が報告を始める。圭市が架川の命を受け、永瀬の情報を集めていることは直央も聞いていたので、緊張しながら耳を澄ました。

「よくやった。首尾は？」

「……ホテルの清掃員に化けて、永瀬の部屋に入ったんですけど」

「ちょっと待て。そのぼそぼそした喋り方はなんだ？　ヤバい状況なら、改めて」

口調を強め、架川が話を止める。とたんに、スマホのスピーカーからあはは、と笑い声が流れ、圭市は答えた。

「いや、大丈夫です。俺、ホテルじゃ元引きこもりのコミュ障フリーターってキャラで振る舞ってたんですよ。役が抜けてなかったか。すみません」

謝りつつも、能天気で自慢げな口調。すると架川は舌打ちし、

「何だそりゃ。これだから役者ってやつは」

と呟いて手にしたスマホを睨み、続いて直央を見た。「私も!?　なんで」と声を上げかけた直央だが、光輔に視線で制された。「すみません」と謝り、圭市は報告を再開した。

「永瀬はどんちゃん騒ぎ明けで、二日酔い。側近は、首に蛇のタトゥーを入れたガキが一人だけでした。永瀬は三田って男に電話して『あの方』に会わせてくれと頼んだけど、断られてました」

「『あの方』とは？」

「名前は言いませんでしたが『上京されてる』と言ってたから、鷲見利一でしょうね。永瀬は三田に見下されてるらしくて、電話のあとキレてました。でも、それも当然ですよ。謙虚で柔和っぽく振る舞ってはいるけど、長続きしない。あのキレっぷりとい

い、『ら』行を全部巻き舌で言うところといい、所詮はヤンキーですよ」

それを聞き、直央は頷いた。ヤンキー嫌いの直央からすると、永瀬に対する圭市の分析と評価は大きく賛同できる。一方、光輔は俯いて何か考えているようだ。ねぎらいの言葉をかけ、架川は電話を切った。スマホをしまい、ぼそりと呟く。

「一枚岩じゃねえのは、敵も同じらしいな」

「ええ。チャンスかもしれません」

そう答え、光輔が顔を上げた。「ああ」と返し、架川は目を光らせた。

「足並みが揃ってねえところを狙い、組織を内側から崩すのはマル暴も使う手だ。で、どうする？」

光輔が即答し、直央は訊ねた。

「黒田智弘の音声データを使いましょう」

「それって、岡光大志の事件を解決した時に録音したやつですか？」

半月ほど前。地下格闘技団体の運営者だった岡光の殺害事件を追っていた直央たちは、高輪のマンションの一室に辿り着いた。そこはフィストのアジトで、奥の部屋には、闇バイトのサイトで集められた若者たちが監禁されていた。光輔と架川はその場にいた永瀬の側近・黒田と取引し、フィストが三田の仲立ちで鷲見組と手を組んだこと、鷲見組はフィストがフィリピンで特殊詐欺を行う段取りを付け、高輪のアジトもその一つであることを聞き出し、光輔がスマホで録音した。「うん」と頷き、光輔はさらに言った。

「僕はあの音声データを、兵庫県警の組織犯罪対策局に渡そうと思う。理由は二つあって、一つは敵は音声データの存在を知らないってこと。もう一つは、いま鷲見利一が東京にいるってこと。当然、鷲見と一緒に兵庫県警の刑事も上京してるから、音声データの存在を知れば本庁の組対に捜査を求める。組対は動かざるを得ないし、音声データを握りつぶせない」

「さすが」

感動し、直央は思わず拍手してしまう。とたんに「やかましい」と後ろから運転席を蹴られ、拍手をやめて黙る。直央をひと睨みしてから、架川も言った。

「わかった。音声データは俺が預かる」

「マル暴時代の伝手があるんですか？」

「そんなところだ。任せてくれ」

そう返し、架川は後部座席に背中を預けてレンズが薄青色のサングラスをかけた。

3

途中で昼食を済ませ、架川たち三人は桜町中央署に戻った。駐車場でセダンを降りて通路を進み、通用口から署に入る。階段を上り刑事課のある三階に行くと直央が、「ちょっとトイレに」とその場を離れたので、男二人で廊下を歩きだした。少し行くと架川は、

「コーヒーを買う。お前もなんか飲め」

と命じ、傍らの休憩スペースに入った。訝しげな顔をした光輔だったが、「はい」と付いて来る。廊下の脇の一角に飲み物やスナックの自販機が並び、その前にベンチが置かれている。架川は自販機の一つに歩み寄り、コーヒーを買った。缶入りで、ホットのブラック。架川はいつもこれだ。光輔もペットボトルの緑茶を買い、二人でベンチに腰かけると架川は口を開いた。

「水木じゃねえが、さすがだな。音声データの使い道としちゃ、これ以上のものはねえ」

「どうも。岡光大志の事件後の騒動で、計画が狂ってしまいましたからね」

ペットボトルを開栓しながら、光輔は淡々と答えた。

音声データは、奥多摩の土地の再開発計画に加担していた、本庁組織犯罪対策部暴力団対策課の課長・船津成男と部長・椛島寿夫を揺さぶるために使う予定だった。しかし光輔たちが会いに行こうとした直前に船津が自殺、椛島が休職してしまい、さら

に黒田とその相棒の亀山雄星も何者かに惨殺された。

「じゃあ、音声データを送ってくれ」

架川は告げ、ジャケットのポケットからスマホを出した。が、光輔は動かない。怪訝に思い隣を見ると、光輔は言った。

「さっきの『そんなところだ』。質問の答えになってませんよね。しかも、『任せてくれ』とまで言った。誰に音声データを渡すんですか？」

「うるせえな。そんなところは、そんなところだ」

そう答え、架川は缶を開栓してコーヒーを口に運んだ。その動きを見て、光輔はさらに訊ねた。

「ひょっとして、先週、結城達治の事件で圭市さんの店に行った時、外で電話をした相手ですか？　結城の事件が解決した日に半休を取ったのも、その人に会うため？」

相変わらず、薄気味悪いほどカンがいいな。そう思い舌打ちしたくなったが堪え、架川は答えた。

「うるせえって言ったろ。とにかく、俺が『任せてくれ』と断言するほど信頼できる人間だ」

ウソはついておらず、それが伝わったのか光輔は黙った。

何か言いたげな様子ながらも、光輔は黒田の音声データを架川のスマホに送った。

それを確認し、架川は話を変えた。

「水木への態度を改めろ。俺が言った通りじゃねえか。お前はカンがいいぶん人の気持ちに敏感で、下手をすると相手に取り込まれる」

「僕が、水木に取り込まれたって言うんですか？」

「そうだ。水木は今、津島の件で悩み、揺れてる。それを感じ取ってお前も揺れてるが、認めたくねぇんだろ？　だから何かっていや、水木に突っかかるんだ」

「何ですか、それ」

光輔は鼻で嗤（わら）ったが、構わずに架川は続けた。

「去年長野の事件を追った時、お前は今と同じように取り乱した。あの時、俺がお前に何と言ったかも覚えてるか？」

光輔は無言。しかし架川を見返す眼差（まなざ）しの強さから、返事はイエスだとわかる。

「目的を果たすまでは誰にも気を許さず、何も信じない。それはわかる。だが、水木を巻き込むな。家族を信じたいって気持ちは、あいつも同じだ」

「同じじゃない。僕の父は」

強い口調で言いかけた光輔だったが、休憩スペースに制服姿の女性署員が入って来たので、口をつぐむ。女性署員は飲み物を買って出て行き、その場に沈黙が流れた。

しばらくして、光輔が言った。

「あれこれ言うけど、架川さんも自分をわかってない。あなたこそ誰も……僕のことだって、信じてないじゃないか」

冷たく、突き放すような口調。眼差しも尖っているが、そこには動揺と不安の色も見える。缶コーヒーをベンチに置いてサングラスを外し、架川は隣に向き直った。

「蓮見」

しかし光輔は対話を拒絶するように立ち上がり、休憩スペースを出て行った。後を追おうと腰を浮かせかけた架川だったが思い留まり、ベンチに座り直した。

一枚岩じゃなかろうと、ひび割れだらけだろうと、俺らはトリオだ。蓮見と水木を押しとどめるのも、背中を押すのも俺の役目。いわば、扇の要だ。そう思い、自分の立ち位置を確認すると気持ちが収まった。そして、

「この勝負は、先手必勝だ」

と呟いて空を睨み、架川はポケットから金色のスマホを出した。兵庫県警の樋口勝典の番号を呼び出し、耳に当てた。やや長めの呼び出し音の後、相手が出た。

「はい、樋口」

「よう。この間はどうもな」

軽く語りかけたが、樋口は「『どうもな』やないで。ちょっと待ってや」と告げ、ごそごそという気配が続いた。人気のない場所に移動したらしく、樋口はすぐに話し

だした。

「あんた。このあいだ秋葉原で俺と会うた後、鷺見のところに潜り込んだやろ？　鷺見は何も言わんかったし、気づいたのは俺だけやったけど、寿命が縮んだわ」

　声を潜めながらも激しく捲し立てる。「悪い悪い」と顎を上げて笑い、架川は返した。

「迷惑をかけたな。その代わりって訳じゃねえが、俺が握ってるネタを渡す。半グレのフィストを知ってるだろ？　そのリーダーの側近だった男が、フィストと鷺見組の関係を証言する音声データを持ってる。ちなみにその男はデータの録音後、相棒ともども殺された」

　後半は真顔に戻り、声を低くして語る。電話の向こうで、樋口が息を呑むのがわかった。

「その音声データを、俺に渡す言うんか？」

「そうだ。だが、出所はぼかした方がいい。これ以上あんたに迷惑はかけられねえし、今の俺の立場を考えても――」

「そんなん、どうでもええねん。あんた、ほんまに大丈夫か？　ネタがネタや。下手すると、デカとしてだけじゃなく、人としての命も危のうなるで。俺はあんたに無事でいて欲しい。どこで何してようが、あんたがあんたである限り、俺は味方や」

迷わず一気に、樋口は告げた。その言葉に打たれ、架川は胸が熱くなるのを感じた。息をついて気持ちを落ち着け、架川は応えた。

「樋口、ありがとな。だが、俺が俺でいるためには、今やってることをやり遂げなきゃならねえんだ。だから、力を貸してくれ」

「ほうか」

これまでの饒舌ぶりがウソのような、短くそっけない返事。樋口が腹を決めた証拠だ。光輔から音声データの件を聞いた瞬間、渡すなら樋口しかないと思った。今のやり取りでそれは間違っていなかったと確信したが、樋口の存在を光輔に明かすのには躊躇を覚える。去年、光輔の秘密を握る手伝いを樋口にさせたからかもしれない。

あいつの言うとおり、俺は蓮見を信じていねえのかもな。ふとよぎった思いを振り払い、架川は樋口との電話を切り、音声データを送る準備を始めた。

4

直央が登署すると、奥の席に刑事課長の矢上慶太が着いていた。昨夜は当番、つまり当直だったらしく、細い目をしょぼしょぼとさせながら書類を読んでいる。直央は給湯室に行ってコーヒーメーカーでコーヒーを淹れ、自分と矢上のマグカップに注いだ。刑事課に戻ると自分の机に自分のマグカップを置き、矢上のものを持って奥の席に向かった。

「おはようございます。淹れたてです。どうぞ」

そう声をかけ、机の上に矢上のマグカップを置いた。書類を置き、矢上が顔を上げた。

「おはよう。ちょうどコーヒーが飲みたいと思ってたんだ。この歳になると、当番はキツくてねえ」

ぼやきつつも嬉しそうに笑い、矢上はマグカップに手を伸ばした。架川さんも蓮見さんに、似たようなことを言われてたな。そう思いつつ、直央も笑顔でコーヒーをおいしそうに飲む矢上を見守った。

「ところで、いま水木さんの研修のレポートを読んでたんだけど」

話を変え、矢上はマグカップを机に戻して書類を取った。笑顔のまま、「はい」と返した直央に、矢上はこう続けた。

「誤字脱字がないのはいいとして、文法的な間違いが多い。『まっすぐな直線』に『写真を写す』」

「えっ。それ、間違いなんですか？」

「勘弁してよ。重言っていって、『白い白馬』とか『頭痛が痛い』と同じ誤用。水木で」

「そうなんですけど、私は台詞は字面や意味じゃなく、音やイメージで捉えるタイプさん。元演劇部なら、言葉の大切さはわかってるでしょ」

熱く語ったつもりだったが、矢上はため息をついてうなだれた。

「間違いは間違いだから。書き直して」

「はい。すみません」

恐縮し、直央は差し出されたレポートを受け取った。自分の席に戻ろうとした矢先、

「まったく。あと三カ月だからって、手も気も抜かないでよ」

と矢上がぼやくのを聞き、ぎょっとする。

「あと三カ月」って、私の異動？　課長が知ってるってことは、おじいちゃんの話は本当なの？　疑問が浮かび、確認したい衝動に駆られる。直央が口を開こうとしたその時、後ろで声がした。

「おはようございます。どうかしましたか？」

直央が振り向く間もなく、光輔が隣に進み出た。登署したところらしく、ダークグレーのスーツの上にベージュのコートを着て、手にバッグを提げている。「おはよう」と返し、矢上は答えた。

「いやね、水木さんのレポートがちょっとアレで」

「申し訳ありません。指導員である僕がチェックすべきでした。以後、気をつけます」

背筋を伸ばし、光輔が頭を下げる。とっさに直央も頭を下げ、矢上は言った。

「蓮見くんがそう言うなら、任せるよ。よろしくね」

「はい」

神妙に応えて体を起こし、光輔はその場を離れた。レポートを手に、直央も続く。

二人で自分の机に戻り、直央は身構えながら椅子を引いて座った。

今の課長との会話、蓮見さんに聞かれた？「あと三カ月」について、突っ込まれるかも。そう浮かび、しらばっくれるか、信士とのやり取りを打ち明けるか迷う。と、隣の隣の席でコートを脱ぎながら、光輔が言った。

「僕が以前研修で提出したレポートを見せるから、参考にするといいよ」

「ありがとうございます」

礼を言って横を向くと、光輔は笑顔でこう続けた。

「そう言う僕のも、構成や言い回しは先輩のレポートの真似だけどね」

課長との会話は聞いていなかったのか。それに、嫌味じゃなくアドバイスをくれるなんて。戸惑いつつも以前の蓮見が戻って来たようで嬉しく、直央は「はい！」と返した。そこに、「おう」と架川が登署して来た。他の刑事たちを窺(うかが)い、潜めた声でこう告げた。

「三日前に送った音声データに、動きがあったぞ。本庁の組対が三田と永瀬、鷲見を任意で引っ張り、聴取した」

「鷲見もですか？」

驚いたように光輔が訊ね、架川は自慢げに「ああ」と頷いて椅子に座った。

「兵庫県警が、組対を突いたらしい」

「で、三田たちは何て？」

はやる気持ちを抑え、直央も訊ねる。椅子を軋ませて脚を組み、架川は答えた。

「当然、組対は黒田の証言を基に聴取したが、三田たちに音声データの存在は明かしていない。結果、永瀬は『高輪のアジトもフィリピンでの特殊詐欺も、三田と部下が勝手にやった』とシラを切り、鷲見も『三田が鷲見組の名を騙ってやったことで、フィストとうちは無関係だ』ととぼけた。そんなことは露も知らない三田は、鷲見に忠義を尽くしてだんまりらしいがな」

「三田に全部押しつけたってことですか？　ゲス過ぎ。ヤンキーとやくざって最低ですね」

顔をしかめ、つい声を大きくした直央を光輔が「しっ」と咎める。架川に向き直り、光輔は質問を続けた。

「組長の聴取を受けて、鷲見組の反応は？」

「二次団体の戸山連合の顧問弁護士がさっそく動きだして、神戸からも鷲見組の幹部と弁護士が乗り込んで来るらしい。だが、鷲見は東京に足止めされるはずだ。それもこれも、お前の思惑通りだな」

「ええ。でも、足止めもせいぜい一週間でしょう。次の手を打たないと」

「わかってる。俺の出番だ」

架川が言い、光輔と直央は隣を見る。その視線を受け、架川は顎を上げて告げた。

「蓮見の手が敵の内輪揉めなら、俺は『毒をもって毒を制す』だ」

5

夜になるのを待ち、直央たちは桜町中央署を出た。架川に指示されるままにセダンを走らせ、辿り着いたのは銀座の裏通りだった。目的地の店の前で架川を降ろし、直央と光輔は空いたコインパーキングを探してセダンを停めた。

「相手はもう来てるんですよね？　お約束の、スモークフィルムをがっちり貼った高級ワンボックスカーと、いかつい男たちは？」

目的地の店の前に戻ると、直央は訊ねた。店は色褪せたレンガの壁に重厚な木製のドアという外観で、周辺にも高そうなバーやクラブが並んでいる。

「どっちもあり得ないから。これから会う人は、カタギだよ」

眉をひそめて光輔が返す。「あれ。でも」と直央が言いかけた時、店のドアが開いて架川が出て来た。

「何が『あり得ないから』だ。去年の夏、お前も今の水木と似たようなことを言って俺に呆れられたじゃねえか」

やり取りが聞こえたのか架川が突っ込む。むすっとした顔で光輔が黙り、架川は直央に告げた。

「相手はヤメゴク、つまり足を洗ったやくざだ。だが今も組の最高顧問で、影響力は甚大だ。油断するなよ」

「わかりました」

気を引き締め、直央は頷いた。架川がドアを開けて店に戻り、直央たちも続いた。

フロアの中央に木製のテーブルと椅子が三セット置かれ、傍らの壁沿いに黒革のスツールが並んだカウンターが設えられている。スカイブルーの壁とカウンターの中の棚には、韓国のアイドルと思しき男女の写真が並び、流れるＢＧＭもＫ－ＰＯＰだ。予想とは激しく異なる光景に直央が呆然としていると、「おい」と架川に呼ばれた。いつの間にか、光輔ともども奥のテーブルに着いている。肩にかけたトートバッグの持ち手を握り、直央もテーブルに歩み寄った。

「こいつがさっき話した、新人の水木直央です……こちらは手嶌吉哉さんだ」

直央とテーブルの奥に座った男を交互に指し、架川が紹介する。「はじめまして。水木です」と一礼した直央の耳に、男の声が届く。

「女刑事か。いいじゃねえか。こんな美人が相手なら、職務質問だの取調べだの、喜んで受けるって輩も増えるぞ」

がはは、と男は笑い、直央は体を起こしながらその顔を盗み見た。歳は八十代前半。恰幅がよく、地味なニットとスラックス姿だが、袖口から覗く腕時計の文字盤にはダイヤモンドが輝いている。

今朝、架川の「毒をもって毒を制す」を聞いた光輔は、「ひょっとして手嶌さんのことですか？」と訊ねた。架川は「そうだ」と答え、直央に「今夜、昔なじみの一途会の関係者に会う」と告げた。その後、直央は一途会について調べ、本部は葛飾区の立石にあること、最近では珍しい、大きな組の傘下には入らず組織を維持している暴力団、通称・一本独鈷の組であることなどの情報を得た。

「ここは俺の店だ。遠慮しねえで、なんでも好きなものを頼んでくれ」

直央が端の椅子に座ると、手嶌はメニューをテーブルに置いた。ラミネート加工されたた長方形のメニューを一瞥してから店内を眺め、架川が問う。

「前は渋いバーでしたよね？　宗旨替えですか」

「いいだろ？　最近は、こういうのが流行ってるらしい」

目を輝かせ、手嶌は問い返した。「はあ」と答えた架川だが、明らかに戸惑っている。メニューにはコーヒーやサンドイッチに交じり、なつめ茶やプルコギ丼、石焼きビビンバなどの名前もあった。黒革のスツールには若い女の二人組が座り、カウンターの中の店員と思しき若い男と談笑している。

オーダーを済ませると、架川は話を始めた。光輔も加わりながら、奥多摩の土地の再開発計画とそれを巡る疑惑、鷲見組のフィストへの接近と、組対に渡した音声データの出所、三田・永瀬・鷲見の現況を伝えた。話を聞き終えると、手嶌は言った。

「一途会も、このところの鷲見組の動きは怪しんでる。しかし、半グレとはな。鷲見組はそんじょそこらのやくざとは違う、日本最大の暴力団だぞ」

その顔は厳しく、口の端に煙草をくわえている。ここは禁煙なのか、火は点けない。

「フィストへの接近は足がかりに過ぎず、鷲見組にはさらに大きな企みがあるはずです。それを見逃せば一途会は大打撃を被り、先手を打てば積年の恨みを晴らすチャンスになるでしょう」

冷静な口調と強い眼差しでそう語りかけたのは、光輔。手嶌が視線を動かし、直央も光輔を見た。

昼間得た情報によると、鷲見組は昭和の終わりに東京進出を図り、一途会を傘下に収めようとした。しかし一途会はこれを拒み抗争が勃発。一途会は多くの構成員を失いながらも闘い、ついに鷲見組は根負けして東京進出も頓挫した。両組織は今も対立関係にあり、互いの動向に目を光らせているらしい。

ふっと頬を緩め、手嶌は言った。

「そんなこと言っていいのか？　仮にもデカだろ」

「今さらですか？　僕らとあなたの仲じゃないですか」

すかさず光輔が問い返し、手嶌は「まあな」と笑う。そこに「だな」と架川も加わり、三人は低い声で意味深に笑う。疎外感を覚えた直央だが、それ以上に不穏な気配を感じ、胸がざわめく。と、真顔に戻って口から煙草を抜き、手嶌は告げた。

「確かに事と次第によっちゃ、絶好のチャンスだ。だが奥多摩の土地だの、陰謀だのはどうでもいい。俺らの敵は鷲見利一。鷲見組は、あいつのカリスマ的な支配力で成り立っている組織だ。だから鷲見が描いてる絵が見えねえ限り、一途会は動かねえ」

絵を描くとは、陰謀や策略を練ることを意味する暴力団関係者の隠語。その程度の認識しかない直央も頷いてしまうほど、手嶌の言葉には説得力があった。光輔と架川も、無言で向かいを見ている。と、架川が言った。

「ごもっとも。しかし、鷲見が何か企んでるのは確かです。フィストは二カ月ほど前に、琉球フィールという沖縄の化粧品や健康食品の販売会社を買収しました。シノギのエステサロンのためってことになってますが、裏がありそうです」

「その琉球フィールとやらの化粧品や健康食品は、金になるのか？」

「水木がフィストのエステサロンに潜入しましたが、ありふれた品のようです」

そう説明して架川が直央を指し、手嶌の視線も動く。目が合ったので、直央は思いきって口を開いた。

「あの、いいですか？」

「ああ」

手嶌が頷き、架川も「言ってみろ」と言うように頷く。前を向き、直央は言った。

「いま手嶌さんは、鷲見組は鷲見のカリスマ的な支配力で成り立っているとおっしゃいました。でもフィストのリーダーの永瀬良友は、体裁を取り繕ってるだけの、ハリボテヤンキーなんです。そんな男と手を組むって、カリスマ的にどうなんでしょう。イメージダウンっていうか、私が鷲見組の構成員だったら『なんで？』と思います」

「ハリボテヤンキーか。そりゃいい。架川さんが連れて来る若いのは、面白いやつばっかりだな」

そう言って手嶌はまたがはは、と笑い、店員の若い男が運んで来たコーヒーを一口飲んだ。「ばっかり」って蓮見さんのことか。直央は思ったが、光輔も自分の前に置かれたカップを取ってコーヒーを飲んでいる。顔を引き締め、手嶌が答えた。

「実際、イメージダウンだろうな。だが、イメージやメンツどころじゃねえってのが、俺らやくざ者の現実だ。暴対法やら暴排条例やらで締め付けられてる上に、鷲見組は麻薬と強盗には手を出さねえ掟だからな……お嬢ちゃん、知ってるか？　俺らが買い物をして『ちょっと負けてくれねえか？』と言えば恐喝、買ったものの具合が悪いと言えば、脅迫になるんだ」

「えっ。そうなんですか？」

お嬢ちゃん呼びは引っかかったが、つい返してしまう。手嶌は恨めしそうに「ああ」と頷き、それを受けて架川も直央に言う。

「極端なことを言えば、だがな。そもそも、暴対法も暴排条例も、暴力団及び構成員を締め付け、廃業や脱退を促すのが目的だ」

「ああそうだ。だが、脱退や廃業した後は？　『五年ルール』で、銀行口座は作れねえし、部屋だって借りられねえ。しかも家族まで、保育園や生命保険に入るのを断られると聞いてる。食い詰めて組に戻ったり、別の反社組織に入っちまうやつが多いのも当然だ」

架川と光輔、直央の顔を順に見て、手嶌は訴えた。「五年ルール」とは「元暴五年条項」という規定の通称で、暴力団を脱退しても約五年間は暴力団関係者とみなされ、生活には強い規制がかけられる。

警察官として何か返さなくては。そう感じ、直央は頭を巡らせた。が、手嶌の迫力の前に言葉が浮かばず、横を見る。と、光輔が言った。

「とは言っても、生き残っていかなきゃならないのが組織でしょう。どうします？」

「そりゃそうだ……やくざ者が表に出られねえのなら、カタギを使うだろうな」

「そのカタギがフィストってことか。話が元に戻っちまったな」

そう言って架川は息をついたが、光輔は首を横に振った。

「僕らの読みが間違っていないってことです。カタギを使うというのは、いわゆるフロント企業ですね。暴力団のフロント企業に多いのが金融業、土木建設業、不動産業。最近ではＩＴやネットビジネスも増えてるって話だけど、琉球フィールには結び付かないな」

「琉球フィールの元社長、金城友理奈はどうだ？　親父が実業家で、その金と人脈を使ってあれこれ商売してたんだろ？」

架川は勢い込み、直央も結城達治の事件の捜査中に聞いた話を思い出した。光輔は胸の前で腕を組み、首を傾げる。

「どうかなあ。だって金城がしていたビジネスは地ビール、ペット用品。あとは」

そこで言葉を切り、光輔は固まった。忘れたのかと思い、直央は教えた。

「あとは有料老人ホームですよ」

　しかし返事はなく、光輔は腕を組んで首を傾げたまま固まっている。その顔に表情はなく、大きな目はいまいち焦点が合っていないが、力に溢(あふ)れ、発光するように輝いている。はっとして、直央は光輔の顔を覗(のぞ)いた。

「いつものあれですか!?」

「おい。それは俺の台詞(せりふ)だ……蓮見。何か閃(ひらめ)いたのか？」

　反対側の隣で文句を言い、架川も光輔の顔を覗いた。その様子を、手嶌がぽかんと見ている。と、光輔が腕を解(ほど)いて首を元に戻した。架川に向かい、勢いよく話しだす。

「鷲見の狙いは、有料老人ホームという可能性はないですか？　前に暴力団が有料老人ホームを経営し、助成金と入居者の財産をかすめ取っていたと聞いたことがあります」

「俺も聞いたことはあるが……」

「それを犯罪じゃなく、正業としてやるんです。有料老人ホームに介護用品、果ては葬儀場にお墓まで。全部請け負えば、すごい利益ですよ」

　光輔はテンションを上げ、つられて直央の気持ちもはやる。

「それ、あり得ますよ。だって日本の高齢者の人口って、すごいんでしょ？　二千万人ぐらいでしたっけ？」

「六十五歳以上が、約三千六百万人。今後さらに増える……新聞を読めと言ったろ」

架川も加わって言葉が行き交う。すると、手嶌が言った。

「終活ってやつか。確かにあり得る話だな」

直央たちが振り向くと、手嶌は再び煙草をくわえ、こう続けた。

「あんたらの読み通りなら、鷲見は有料老人ホームが目的で永瀬に琉球フィールを買収させたんだろう。折りを見て別会社を設立して永瀬を経営者に据え、沖縄でのビジネスを東京でも展開させるって体で、こっちに乗り込む。つまり、鷲見組の東京再進出だ」

「僕もそう思います」

光輔が頷き、直央は鼓動が速まるのがわかった。眼差しを鋭くして、架川は問うた。

「鷲見の描いた絵が見えましたね。一途会の幹部に話を通してもらえますか？」

「いや。ダメだ」

きっぱりと拒絶され、直央たちは驚く。すると手嶌は直央たちを見てこう続けた。

「俺らも警察と同じだ。うえを動かすには、証拠がいる」

言われたことはもっともなので、直央たちは店を出た。見送りに付いてきた手嶌に、架川は告げた。

「証拠は必ず摑みます。手嶌さんには、去年の長野の事件で受けたご恩も返していませんから」

「恩？　違うだろ。ありゃ、取引だ」

がははと笑い、手嶌は「なあ」と光輔を見た。光輔は無言。なぜか恨めしげに架川を睨む。しかし架川は知らん顔で、スラックスのポケットに両手を入れている。

「じいじ！」

やや舌足らずな声が響き、直央たちと手嶌は振り向いた。通りの手前に若い女が立って手を振っている。とたんに相好を崩し、手嶌も手を挙げた。

「おお、樹利亜か。噂をすればだな」

すると光輔が「げっ」と呟き、架川も動きを止める。駆け寄って来た樹利亜というらしい女を指し、手嶌は言った。

「俺の孫だ」

「こんばんは」

会釈して、直央は樹利亜を見た。白いボアフリースのジャケットに黒いミニスカートという格好で、恰幅のよさが手嶌にそっくりだ。手に韓国のアイドルの写真が印刷された団扇を持っているので、ライブかイベントの帰りだろう。

店の宗旨替えは、この子の影響か。直央がピンと来た矢先、手嶌は光輔を指してこう続けた。

「樹利亜。前に話した、お前の許嫁だ。いい男だろ」

「はい!?」

思わず大きな声を出した直央に驚き、通行人が振り向く。小さな目を動かし、樹利亜が向かいの光輔を見る。

「ど、どうも」

いつもとは別人のようにうろたえて会釈した光輔を、樹利亜は無言無表情でじろじろと眺めた。続いて架川、直央、もう一度架川の順で眺め、ふいと横を向いた。

「じいじ。お腹空いた。お寿司が食べたい」

そう言って、通りの先に歩きだす。手嶌は笑顔で「そうかそうか」と応えたあと直央たちに向き直り、「じゃあな。何かわかったら連絡をくれ」と告げて樹利亜の後を追った。その背中を見送り、直央は勢いよく振り返った。が、

「質問はなし。そもそも、僕はこの状況に納得していない」

と先手を打たれた。すると、鼻を鳴らして架川が笑った。

「なんでだよ。写真の何倍も可愛い子だったじゃねえか」

「よくそんなこと言えますね。それもこれも、架川さんのせいなんですよ」

「わかったわかった。カタが付いたら、何とかする……アホ面しててんじゃねえ。行くぞ」

振り向いた架川に告げられ、直央は釈然としないものを感じながらも「はい」と応え、歩きだした。

6

警視庁の本部庁舎を出ると、三田雅暢は足早に桜田通りの歩道を横切った。時刻は午後十時近くなり、辺りは暗く人通りも少ない。

歩道の端に立ってスーツのシワを伸ばし、ネクタイを締め直していると車道を濃紺の高級ワンボックスカーが近づいて来て停まった。続いて運転席のドアが開き、黒いジャージ姿の若い男が降りて来た。

「お勤め、ご苦労様でした」

三田の傍らに立ち、黒いジャージの男は頭を下げた。しかし刑務所の出所を祝われたようでいい気はせず、三田は顔を背けた。

と、電子音と共に後部座席のスライドドアが開き、三席並んだ二列目の座席の手前から中年男が降りて来た。がっしりした体を黒いスーツに包み、サングラスをかけている。鷲見組若頭補佐の蛯沢宣克だ。一礼した蛯沢に促されワンボックスカーに乗ろうとした三田は、奥のシートに初老の男が座っているのに気づいた。茶色い三つ揃いに黒いソフト帽。鷲見組の二次団体・戸山連合組長の萱島晋也だ。

「萱島さん。わざわざ申し訳ありません」

三田は恐縮したが、萱島は「いいから乗り。疲れたやろ」と目を細めて笑い、手招きした。「はい」と返し、三田はひょろりとした体を縮めてワンボックスカーに乗り込んだ。真ん中の席に座ってシートベルトを締めていると隣に蛯沢が座り、黒いジャージの男がワンボックスカーを出した。

「お疲れ様です」

そう声がして、三列目のシートから白いジャージ姿の若い男が湯気の立つおしぼりを差し出して来た。このワンボックスカーには、冷温庫も装備されているらしい。三田がおしぼりで手と顔を拭きひとごこち付くと、萱島は言った。

「あんた。黙秘を貫いたらしいな。組対のデカを相手に、大したもんや」

「当然のことをしたまでです。しかし、どういうことでしょう。組対の連中は私が永瀬に持ちかけた話だけでなく、黒田と亀山の件にも勘づいているようでしたよ」

昨日今日の取調べを思い出し、三田は疑問を呈した。任意とは言え取調べは朝から夜まで続き、組対の刑事に激しく追及された。

「さてな」

萱島は短く答え、三田はさらに訊ねた。

「永瀬は取調べにどう応えたんですか？　鷲見さんは、まだ本庁に？」

「組長(おやじ)は先に帰った」

　低くそう告げたのは、蛯沢だ。

「そうですか……とにかく、こちらの動きが警察に漏れています。架川英児とその相棒の仕業では？　やつらは岡光大志の一件を嗅(か)ぎ回り、永瀬にも会っています」

「かもな」

　指先でサングラスを押し上げ、蛯沢が返す。なんでタメ口なんだ？　これまでずっと敬語だったぞ。苛立(いらだ)ちを覚え横目で蛯沢を睨んだ三田だったが、あることに気づいた。

「おい。道が違うぞ。汐留に行くなら、今の交差点を右折だろう」

　そう告げたが、黒いジャージの男はハンドルを握ったまま振り向かない。三田が身を乗り出そうとした矢先、蛯沢が言った。

「汐留には行かない。おやじはもう、お前に用はないそうだ」

「なに!?　どういうことだ」

「おやじは、岡光の件とフィストの仕切りをお前に任せていた。いきさつはどうあれ、お前が下手を打ったことに変わりはない」

　サングラスの奥の目で三田を見下ろし、蛯沢は告げた。たちまち、三田の胸に焦りと理不尽さが押し寄せる。

「それは違う。俺の仕事は完璧だった。永瀬が架川たちに寝返ったんじゃないか？　あいつならあり得る――おい。どこに行く気だ？」

気づけば、ワンボックスカーは丸の内のオフィス街を走っていた。大きなビルが並び、車と人が行き交っているが三田の焦りは恐怖に変わり、声を上げようとした。とたんに、脇腹に硬いものを突き付けられ、それが銃口だと気づく。

「騒ぐな」

蛇沢が命じ、三田は両手を挙げてこくこくと頷いた。気づけば片手におしぼりを持ったままだ。

そのまましばらく走り、辿り着いたのは神田の裏通りだった。角をいくつか曲がり、黒いジャージの男はワンボックスカーを駐車場に入れた。奥の駐車スペースに頭から突っ込み、ワンボックスカーは停まった。エンジンも止まり、三田は左右を窺ったが、車しか見えない。両手を顔の脇に挙げたまま、激しい動悸と鳥肌が立つのを感じながら三田は訴えた。

「鷲見さんに電話させてくれ。話せば、わかってもらえるはずだ」

が、脇腹に銃口がさらに強く押しつけられ、耳元で蛇沢が「うるせえ」と言った。

「お前、ずっと俺らを見下してたやろ。気づいてへんとでも思うたか？　大学出だかなんだか知らへんが、いちびるのも大概にせえ」

言葉を関西弁に変え、唸るように告げる。背筋が凍り、三田は言葉を失った。救いを求め萱島に視線を送ったが、知らん顔で前を向いている。

「ち、違う。そんなつもりは」

言いかけた途端、ばさりと音がして上から頭に何かをかぶせられた。布袋らしく、視界が暗くなって息も上手くできない。おしぼりを放り出し、三田は悲鳴を上げた。

「うるせえ言うとるやろ！」

蛯沢は怒鳴ったが、パニックを起こした三田は激しく暴れる。シートベルトが体に食い込み、唾が気管に入って咳き込んだ。

「黙れ！　ぶっ殺すぞ」

蛯沢の怒鳴る声がして、脇腹を離れた銃口は三田のこめかみに押しつけられた。頭が真っ白になった三田だが、咳は止まらない。

ずしん、どん。ふいに重たい音がして、ワンボックスカーが揺れた。

「なんだ？」

蛯沢が言い、顔を上げる気配があった。と、ずしん、どん、と再び重い音が響き、ワンボックスカーは揺れた。

「車の屋根に、誰かいます！」

視界を奪われた三田の耳に、黒いジャージの男の声が届く。

「バカ野郎！　引きずり下ろせ」

そう命じ、蛯沢は後部座席のスライドドアを開けた。こめかみから銃口が離れ、三田はむせ続けながら両手で布袋を摑み、頭から外した。

「おい！」

後ろで白いジャージの男が言い、隣から萱島の手も伸びて来た。その手を振り払ってシートベルトを外し、三田は開いたドアからワンボックスカーを降りた。しかし着地に失敗し、ドアの前の地面に倒れてしまう。すると、

「てめぇ！　何してんだ」

と黒いジャージの男の怒鳴り声がして、三田は身を縮めた。が、黒いジャージの男は続けて、

「とっとと降りろ。死にてぇのか？」

とわめいた。それに応え、ワンボックスカーの上から、いかにも楽しそうな男の笑い声がした。思わず頭上を仰いだ三田の目に、ワンボックスカーのルーフのシルエットが映る。スーツ姿の背の高い男で、仁王立ちしてこちらを見下ろしている。

「何って、運動だよ。健康診断に引っかかっちまってな。『体を動かせ。お勧めはトランポリン』と言われたんだ」

飄々と返し、ルーフの男はその場で小さくジャンプした。ぼこん、と金属がへこむ様な音がして、ワンボックスカーが揺れる。声を裏返し、黒いジャージの男が叫ぶ。

「ふざけんな！・これのどこがトランポリンなんだよ」

「違うのか？　そりゃ悪かったな。目も悪くなる一方だ……お互い、歳は取りたくねえもんだな、蛯沢」

後半はドスの利いた声になり、ルーフの男が語りかける。ワンボックスカーの斜め前に立つ蛯沢は、無言で男を見ている。三田は手のひらで喉を押さえて咳を抑え、アスファルトの地面にうずくまったままそれを見守った。

「お前、架川英児か。組対のデカだろ？」

標準語に戻り、蛯沢が言った。架川英児？　なぜここに？　三田の頭に疑問が浮かんだ時、架川は答えた。

「おう。元組対だけどな」

そして蛯沢の返事を待たず、ルーフからひらりと飛び降りた。着地したのは三田の傍らで、目が合うと「動くな」と言うように片手を動かして見せた。

「どういうつもりだ？　お前、この間も汚え手でおやじに会ったろ？　デカだからって何やってもいいと思ってんのか」

「お前らこそ、こんなところで何やってんだ。車の中からこいつの悲鳴と、『黙れ』

だの『ぶっ殺す』だの言う声が聞こえたぞ」

顎で三田を指し、架川は迫った。蛯沢は口をつぐみ、何か言いかけた黒いジャージの男を視線で黙らせた。

「このまま立ち去れば、見逃してやる。だが四の五の言うなら、職務質問して身体検査もするぞ。そのポケットには、見られちゃまずいものが入ってるんじゃねえのか？」

そう続け、架川は今度は顎で蛯沢のジャケットのポケットを指した。そこには、さっき三田に突き付けた拳銃が入っているはずだ。

「蛯沢。行くで」

ワンボックスカーの中から、萱島が言った。静かだが、有無を言わせない声だ。「はい」と返して架川を睨み付け、蛯沢はワンボックスカーに乗り込んだ。黒いジャージの男も運転席に乗り、エンジンをかける。後部座席のスライドドアが閉まる直前、車内から、

「架川さん。この借りは返すさかい」

という萱島の声が聞こえた。架川の手を借り、三田が立ち上がっている間にワンボックスカーは駐車場を出て行った。そのテールランプが通りの先に消えるのを、三田は心底ほっとして見送った。すると、架川が言った。

「俺らも行くぞ」

「えっ？　いや」

「この期に及んで、なに言ってんだよ。逃げたところで、また鷲見の手下に襲われるぞ」

そう告げて、架川は三田を見据えた。自分が置かれた立場を思い出し、三田は呆然となる。その耳に、架川の声が響いた。

「俺と来るか、このまま死ぬか。好きな方を選べ」

7

架川から連絡があったのは、直央が世田谷区の西端にある自宅マンションの前に着いた時だった。訳がわからないまま、そのまま身を翻して大通りに出てタクシーを拾った。

深夜なので道は空いていて、二十分ほどで目的地に着いた。港区乃木坂の古いマンションだ。一途会の本部は立石だが繁華街にも縄張りがあり、ここはアジトの一つなのだろう。

マンションに入り、オートロックを解除してもらってエレベーターで五階に上がった。青山霊園を見下ろす外廊下を進むと、等間隔で並んだドアの一枚の前に光輔がいた。スマホで誰かと話していたが、直央に気づいて電話を切る。

「お疲れ様です。また手嶌さんと会うって、どういうことですか？」

歩み寄り小声で訊ねると、光輔は答えた。

「架川さんが署で僕らと別れた後に動いたんだ。狙い通り、敵は仲間割れしたらしい」

「でも勝手にこんなこと。音声データの件で、本庁も動きだしたみたいですよ」

「その動きが信用できないんだよ。行こう」

そう告げて振り向き、光輔は鉄製のドアを開けた。狭い三和土で靴を脱ぎ、短い廊下を進んだ。光輔はドアを開けて奥の居室に入り、直央も続く。

八畳ほどのワンルームで手前の壁際に小さなキッチンがあり、小さなテーブルが置かれていた。キッチンの脇にある掃き出し窓の前には二人がけのソファが置かれ、ベージュのスーツを着た三田雅暢が座っている。向かいのフローリングの床には、架川と手嶌があぐらを搔いて座っていた。

これが三田か。そう思い、直央はソファの男を眺めた。背が高く痩せていて、手脚と顔が長い。信士のことが浮かんで問いかけたくなった矢先、架川が口を開いた。

「単刀直入に言う。こっちに寝返って全部ゲロすりゃ、身の安全は保証する」

「こっちって、一途会だろう。どのみちやくざじゃないか」

横目で手嶌を見て、三田は冷ややかに返した。顔を険しくし、架川は体を起こして片膝を立てた。

「それがどうした。てめぇこそ、ケツ持ちなしじゃやっていけねぇチンピラだろうが」

「まあまあ」

片手を上げて笑みをつくり、光輔がローテーブルの脇に進み出た。

「三田さんは、殺されかけたんですよ。警戒して当然です」

すると架川は不服そうながらも床に腰を戻し、光輔は三田に向き直った。

「鷲見利一は職を失ったあなたを拾い、資産の運用を任せて会社を立ち上げる資金も提供してくれた。だからあなたは、手を汚すこともいとわず、鷲見のために尽くしてきたんでしょう？　それなのに鷲見はあなたを切り捨て、命さえも奪おうとした」

徐々に口調を強め、最後に「でしょう？」と問いかけて三田の顔を覗く。身を引いた三田だが、その目は明らかに動揺している。すかさず、光輔は続けた。

「永瀬良友も同じだ。フィリピンでのシノギを段取ってやったのに、黒田と亀山に裏切られた責任も取ろうとしない。それどころか、鷲見に会わせろとしつこく繰り返している」

「な、何でそれを」

三田がうろたえ、光輔は「さあ」と肩をすくめた。

「でも噂では、組対の聴取に鷲見と永瀬は『全部三田がやった』と話したそうですよ」

「その手に乗るか。あんた、蓮見光輔だろ？　噂は聞いてるぞ」

上ずった声で、三田が捲し立てようとした。と、架川がジャケットのポケットから写真を一枚出し、三田に突き出した。

「なぜ鷲見がお前を切ったと思う？　後釜を見つけたからだ。田頭銀河。お前のカバン持ちだが、父親は厚生労働省のキャリア官僚だろ」

目と口を開け、三田が写真に見入る。光輔が脇から写真を覗き、直央も倣う。写っているのは、二十代後半ぐらいの小柄な男だ。

有料老人ホームって、確か厚生労働省の管轄よね。キャリア官僚の息子を側近にすれば、終活ビジネスに便宜を図ってもらえるはず。でも、架川さんはどこからそれを。疑問が湧き、直央は架川を見た。光輔も、何か言いたげな顔を架川に向けている。

「ちくしょう。あいつら」

押し殺した声がして、直央と光輔は三田に視線を戻した。すると三田は、

「黒田と亀山を始末したのは、鷲見だ」

と続け、「本当か？」と訊ねた架川に大きく頷いた。

「黒田たちが逃げたと永瀬から連絡があり、俺が鷲見に伝えた。殺ったのは鷲見組の構成員で、名前もどこに潜んでるかも見当が付く」

「よし。わかった」

「だが、ここまでだ。この先は、俺が自分で安全だと判断するまで話さない」

三田が断言し、架川は隣を見た。手嶌が首を縦に振り、架川は顔を前に戻した。

「いいだろう。ただし、ここから動くな」

「ああ」

三田が応(こた)え、架川は立ち上がった。手嶌も倣い、二人で居室を出る。直央と光輔も続き、四人で部屋を出た。外廊下のドアの前に向かい合って立つと、架川が言った。

「切り札は手に入れました。手嶌さん、勝負しましょう」

「誰とだ？」

「もちろん、鷲見です。三田がこっちに寝返ってゲロした、警察に密告(チンコロ)されたくなきゃ、言うことを聞けと揺さぶるんです」

しかし、手嶌は首を横に振った。

「そんな揺さぶりが鷲見に効くと思うか？　今度こそ、本気で一途会を潰(つぶ)しにかかるぞ。今の一途会に抗争(せんそう)をする体力はねえ」

「揺さぶるんじゃなく、取引をしましょう」

そう言って進み出たのは光輔だ。視線を動かした手嶌に、こう続ける。

「三田の件をチラつかせつつ、終活ビジネスに加わりたいと持ちかけるんです。他の組織に一目置かれている一途会を味方に付けるのは大きいし、鷲見も無視はしないはず。で、交渉の場を持って、陰謀の真相を聞き出して録音しましょう」

「取引を装って、鷲見をカタにはめるのか。そりゃおもしれえが、上手くいくのか?」

「行くように僕らが段取ります。手嶌さんは、一途会を説得して下さい」

そう答え、光輔は「お願いします」と頭を下げた。架川も深々と礼をし、直央も倣った。向かいで「う〜ん」と唸る声がして、胸の前で腕を組む気配もあった。

「雁首揃えて、頭を下げられちゃな……わかった。うえと掛け合うから、時間をくれ」

手嶌が告げ、光輔と架川、直央は顔を上げて「ありがとうございます!」と言い、また頭を下げた。

8

なめこおろしそば。若鶏の照りマヨ丼。……やっぱり、なめこおろしそばだな。決断し、直央は顔を上げた。食券の販売機に手を伸ばそうとした矢先、脇から現れた手が「若鶏の照りマヨ丼」のボタンを押す。

「ちょっと!」

直央が上げた声に、食券と釣銭が取出し口に落ちる音が重なる。振り向くと、斜め後ろに黒いダブルスーツ姿の架川がいた。隣には光輔も立っている。

「何するんですか」

憤慨しつつも食券と釣銭を取り、直央は歩き始めた架川たちを追った。黒いエナメルの靴を履いた足を前に投げ出すようにして歩きながら、架川は言う。

「ちんたらやってるから、代わりに選んでやったんだ。肉を食え、肉を」

「ダイエット中なのに。最近、ストレスでお酒やらお菓子やらの摂りすぎなんですよ」

「デカがダイエットなんかしてどうする。人間、肉と米を食ってりゃ間違いねえんだよ」

言い合いながら厨房のカウンターの前に行き、白衣姿の調理員に食券を渡す。すぐに直央の若鶏の照りマヨ丼と架川の肉そば、光輔のメンチカツ定食が運ばれて来た。運ばれて来たものと箸、水のグラスをトレイに載せ、直央たちはカウンターを離れた。

「じゃあ」と会釈して通路を歩きだそうとした直央の肩を、「待て」と架川が摑む。

「昼ご飯ぐらい、一人で食べさせて下さいよ」

顔をしかめて訴えた直央に、光輔が潜めた声で告げた。

「作戦会議だよ。さっき、手嶌さんから連絡が来た」

「……了解です」

直央は頷き、三人で窓際のテーブルに向かった。直央と架川はテーブルにトレイを置いて椅子に座ったが、光輔は脇に立ってきょろきょろしている。

「どうかしましたか？」

「いや。こういう時、いつもなら桜町三姉妹が現れるんだけどと思って」

「確かにそうだな」

そう言って架川も視線を巡らせ、直央も倣った。昼休みに入ったばかりで、桜町中央署五階の食堂は署員で賑わっている。しかしいつもはいるはずの警務課の須藤さつきと倉間彩子、交通課の米光麻紀、通称・桜町三姉妹の姿がない。

「まあいい。早く座れ」

架川が促し、光輔も着席した。箸を取って食事を始めると、架川は告げた。

「鷲見が、一途会との交渉を了解したそうだ」

「本当ですか？　よかった」

手を止めて顔を上げ、直央は息をついた。

乃木坂で三田と会った翌日、手嶌から架川に「一途会の組長に事情を話し、鷲見をカタにはめる計画を承諾させた」と連絡があった。その後、手嶌は鷲見組にコンタクトを取ったらしいが、丸一日連絡はなかった。その間、直央は架川の言いつけに従い、いつも通りに職務をこなしたものの、内心は不安だった。

「ただし条件付きだ。まず、交渉の場には手嶌さんが一人で来ること。次に、会場は汐留にある、鷲見の娘のマンション。日時は明日の午後二時だ」

「娘って、カタギですよね？　大丈夫なんですか？」

驚いて直央が問うと、架川は丼のそばをすすりながら頷いた。

「鷲見は娘のマンションに滞在中だけど、兵庫県警と組対の捜査員に監視されて外出できないんだ。だから交渉の場として、マンションの四十六階のスカイラウンジを指定した」

架川に代わり、光輔が説明する。「なるほど」と相づちを打った直央だが、気持ちは落ち着かない。すると、光輔は話を変えた。

「明日と言えば、奥多摩の土地の再開発に関する記者会見も開かれますよ。さて、どうするか……」

「まずは鷲見への作戦を成功させて、その流れで考えるのはどうですか？」

「いつもの行き当たりばったりってことだね。水木さんはじきに異動になるからいいけど、僕らはその先も考えておかないと」

ぎょっとして、直央は箸を置いた。

「なぜそれを」

「異動だと？　俺は聞いてねえぞ。水木、本当なのか？」

口の中のものを無理矢理飲み込み、架川が問うてきたが直央は答えられない。光輔が架川に告げた。

「本当ですよ。手を回したのは津島でしょうけど、水木さんもそれを受けた訳で」

「違います！」

気づくとそう言い、直央は立ち上がっていた。驚いて、周囲のテーブルの署員が振り向く。構わず、直央は続けた。

「異動のことは、一方的に言われただけで、納得なんかしていません。確かに私は行き当たりばったりです。でも、自分にも人にもウソはつきません。理屈じゃなく気持ちで、そのとき正しいと思うことを選んでいるんです」

「うん。わかったから、落ち着いて」

微笑んで、光輔は片手を上下に動かした。その顔を指し、直央は告げた。

「それ！」

微笑んだまま光輔が固まり、直央は続けた。

「蓮見さんこそ、いつもその笑顔じゃないですか。人の秘密やごまかしは見逃さないクセに、自分の言いたくないことや知られたくないことは、それで隠す。何かをやり遂げたいとか守りたいとか言うより、怖がってるみたい。蓮見さんは、元演劇部で女優だから私が信じられないんでしょ？　でも私からすれば、その笑顔こそ信じられないし、ウソ臭さの極みですよ」

勝手に言葉が出て来て、自分で自分に驚く。光輔は依然微笑んだまま、何も言わない。

「水木、座れ。命令だ」

架川が告げ、直央を見た。その有無を言わせぬ眼差しに、直央は「はい」と応え、周りの席の職員に「すみません」と謝って着席した。架川は視線を光輔に移した。

「内輪揉めしてる場合じゃねえと言ったろ。明日もそういう態度なら、作戦から外すぞ」

思いも寄らない言葉に直央は驚き、光輔も真顔になる。「それは」と言いかけた直央を遮り、光輔は返した。

「僕を外しても、架川さんには強い味方がいますからね」

「どう言う意味だ？」

「兵庫県警の樋口勝典警部補ですよ。黒田の音声データを送った相手も、昨夜三田に見せた田頭銀河の写真を撮ったのも、樋口さんでしょう？」

今度は架川が黙り、光輔は視線を尖らせる。直央はうろたえ、再び光輔が言った。

「調べればすぐにわかることを隠すって、ルール違反だと思うな」

「隠したつもりはねえ。必要がねえから、言わなかっただけだ」

「そんなベタな言い訳を……でもまあ、所詮僕らは急ごしらえのいびつなトリオだからな。それぞれが思惑と秘密を抱えて、互いを窺ってる。三田や鷲見たちと似たようなものでしょう」

「いや。違う」

光輔から目をそらさず、架川は即答した。

「いびつな関係で思惑と秘密を抱えていても、俺たちには正しいことをしたい、間違いを正したいという、警察官としての信念がある。私利私欲だけで繋(つな)がった連中とは違うぞ」

正しいことをしたい、間違いを正したい。ありふれた言葉なのに場の空気のせいか、直央は気持ちが揺れるのを感じた。しかし光輔は眼差しを尖らせたまま、無言で架川を見つめていた。

9

足を止め、光輔は向かいの棚のトレイからナットを一つつまみ上げた。何に使うのかはわからないが、他の客と店員に怪しまれないためだ。

ここは荒川(あらかわ)区南千住(みなみせんじゅ)にあるホームセンター。背の高いスチールの棚が並び、そこに様々な工具や金具、建材などが陳列されている。午後六時を過ぎ、ペット用品やインテリアなどを扱う階下のフロアは混雑しているが、光輔がいる三階はプロ向けの商品の売り場で、閑散としていた。

　そういや、この店に来るのも約一年ぶりだな。記憶が蘇り、光輔はナットをトレイに戻して別のナットをつまんだ。去年ここに来た時は架川が一緒で、「いいところに目を付けたな」と感心していた。と、昼間の食堂での出来事を思い出し、光輔は目を閉じて深呼吸をした。

　架川さんや水木に言われたことを気にする必要はない。ただ、僕がいつもの僕じゃないのは事実だ。計画は完璧なんだ。遂行する僕が取り乱してどうする。そう自分に言い聞かせ、二回、三回と深呼吸を繰り返すと気持ちが鎮まり、頭が冴えた。以前は毎朝、警察の独身寮の自室で、今と同じことをしていた。架川と知り合い、いつの間にかやらなくなっていたが、慣れたルーティーンのおかげで自分を取り戻せた気がする。

「悪い。遅くなった」

　声をかけられ、光輔はナットを置いて振り返った。通路を、エレベーターホールの方からスーツ姿の男が歩いて来る。背が高く色白で、眉は太く、目は細い。羽村琢己警部、三十五歳。本庁の警務部人事第一課人事情報管理係所属の警察官だ。

「いや。僕が無茶を頼んだから。で、どう？」

「何とかなったよ。こういう事態を見越して、準備してたから」

そう答え、羽村は少し距離を取って光輔の横に並んだ。手を伸ばして棚からネジを取っている。

「さすが。琢己にいちゃんがいてくれて、よかったよ」

息をつき、光輔が返すと羽村は「何だよ、今さら」と笑った。羽村とは、光輔が子どもの頃からの付き合いだ。架川が現れるまでは彼が光輔の秘密と目的を知る唯一の存在で、準キャリアという立場を活かしてあれこれ力を貸してくれている。

念のために周囲を見てから、光輔は告げた。

「兵庫県警の樋口の件だけど、琢己にいちゃんが調べた通りだったよ」

「やっぱりか。あの二人は、架川さんが組対四課にいた頃からの仲らしい。しかし、何で光輔に隠したんだろうな」

「隠したんじゃなく、言わなかっただけらしいけどね……あ〜あ。やっぱり信じられるのは、琢己にいちゃんだけか」

自分を取り戻したのも束の間、また昼間の記憶が蘇る。深刻な顔になり、羽村は光輔を見た。

「トラブルか？」

「というか、水木直央を追い込んだら逆ギレされた。僕は何かをやり遂げたいとか守りたいとか言うより怖がってて、笑顔が信じられなくてウソ臭さの極みだって」

ぶっ、と盛大に噴き出し、羽村は慌てて周りを見回した。

「笑い事じゃないよ。少し前に水木の母親から、水木は追い込まれるとめちゃくちゃ怒るとは聞いたけど、あそこまでとは」

　昼間は本当に驚いて固まってしまい、後悔してもしきれない。すると羽村は静かに「そうか」と言い、こう続けた。

「俺と光輔、たぶん架川さんも、普通じゃないことに慣れてるからな。自分じゃ意図しなくても、普通じゃない出来事や状況の方が落ち着くんじゃないか？」

　リアリストの羽村にしては珍しい物言いで、光輔は聞き入る。棚の上を見上げ、羽村はさらに言った。

「それはつまり普通の状況だと落ち着かないってことで、知らず知らずそういうものを避けたり、怖がったりしているのかもしれない」

「そうかなあ。僕は普通でありふれた生活の大切さを嫌ってほど知ってるし、それを取り戻すために闘ってるよ」

　言うそばから、光輔はかつて当たり前のように享受していた、普通でありふれた生活と、そこにいた人たちの顔を思い出した。胸が締め付けられ、同時に強い闘志が湧いた。その気配を察知したのか、羽村は、

「まあ、それもこれも、とにかく明日だ。明日をいかに完璧にするかで、その先が決

まる」

と告げ、腕を伸ばして光輔の肩を叩(たた)いた。

10

同じ頃、直央は自宅マンションの前にいた。スマホが鳴らず、メールやメッセージの着信がないのを確認し、ドアを開けてエントランスに入った。エレベーターで三階に上がり、廊下を進む。トートバッグから出したカギで解錠し、ドアを開けて玄関に入った。ハイテクスニーカーを脱ごうとして、三和土(たたき)に並んだパンプスに気づいた。

お母さんの事務所の人かな。四谷の司法書士事務所の所長をしている母・真由と、その部下の顔を思い浮かべ、直央は玄関に上がって廊下を進んだ。奥のドアを開けながら、「ただいま」と声をかける。とたんに、

「おかえり〜!」

と絶妙にハモった声に迎えられた。ぎょっとして顔を上げた直央の目に、十二畳のリビングダイニングキッチンの奥に置かれたソファと、向かいの床に座った女たちの姿が映る。

「桜町三姉妹。何で？」

とっさに思ったままを口に出すと、ソファの手前に座った須藤さつきが立ち上がった。

「は〜い。三姉妹の次女、さつきで〜す」

挙手して、間延びした声で名乗る。と、ソファの奥に座った倉間彩子も立ち上がった。

「長女の彩子で〜す！」

と挙手したあと真顔に戻り、「須藤さん。私の方が二ヵ月年下なんだけど」と突っ込む。

「正確には、二ヵ月と四日ですね……三女の麻紀です。お疲れ様です」

後半をややおざなりに言って直央に目礼したのは、米光麻紀。圧倒され、直央が反応できずにいると、須藤と倉間の間から真由が顔を出した。

「こら。お客様には、『いらっしゃい』でしょ」

眉をひそめて告げながらも、手にしたせんべいをぼりぼりと齧（かじ）っている。

「いらっしゃい……でも、何で？」

会釈して訊（き）いてから、直央はソファの手前に置かれたダイニングテーブルに空になった皿とグラス、大量のビールとチューハイの缶が載っているのに気づいた。と、また真由が言った。

「ほら、このあいだの結城さんの事件でみなさんと仲良しになったでしょ？　お食事に行きましょうって話してたら、最近直央の帰りが遅くて食べ物が余っちゃってるのに気づいたのよ。で、うちにお招きして私の手料理を食べていただいたの」

「食べていただくなんて、そんな。もう、全部おいしいの。すっかりごちそうになっちゃったわ」

すかさず、須藤がフォローする。同調し、倉間も言った。

「お部屋も素敵だし。直央ちゃんのセンスがいいのは、真由さん譲りね」

お世辞なのがバレバレだが、真由は「あ、やっぱそう思う？」と目を輝かせる。と、ソファの前のローテーブルから赤ワインの入ったグラスを取り、米光が訊ねた。

「水木さん。初恋の相手が『ＮＡＮＡ』のヤスって本当ですか？　渋好み、っていうか実はハゲ専？」

「ち、違う――ちょっと、お母さん！　また余計なことを」

焦り、声を上げかけた直央だが、たちまち「まあまあ」「はいはい」と駆け寄って来た須藤と倉間に両腕を摑まれた。

「飲みましょ」

「語りましょ」

そして抵抗する間もなく引きずって行かれ、米光の隣に座らされた。「空きっ腹だから」と言ったが無視され、赤ワインのグラスを差し出される。仕方なく受け取り、乾杯にも付き合った。

「架川班。何かやってるでしょ？」

乾杯で掲げたグラスをローテーブルに戻し、須藤が言った。刑事課の刑事は班に分かれて行動していて、直央たち三人は「架川班」と呼ばれている。驚き、直央が口に運びかけたグラスを下ろすと倉間は笑った。

「そりゃピンと来るわよ。直央ちゃんと架川さんはすぐ態度に出るし、蓮見さんも別の意味でわかりやすい」

「でも詳しいことは知らないし、知りたいとも思わないから安心して下さい。私たちは、エンターテインメントにならないネタにはタッチしません」

きっぱりと告げ、米光はボトルを摑んでグラスにワインをどぼどぼと注いだ。「はあ」と返した直央だが、「知りたいとも思わない」と言われると、知らせたくなる。少しためらった後、口を開いた。

「でも正直、限界かなあって。架川さんも蓮見さんも、付き合えば付き合うほど訳がわからなくなるんですよ。そのうえ、疑ったり不安に思ったりすることもあって、言わなくていいことまで言っちゃって」

言葉を選んだつもりが、本音をぶちまけてしまった。今日は作戦会議のあと光輔に、「失礼なことを言って申し訳ありませんでした」と詫びた。光輔は「うん」とだけ返し、気まずさが残った。と、須藤が言った。

「そんなの当たり前よ。同じ架川さん、蓮見さんでも、昨日と今日じゃ違うんだから」

「そうそう。直央ちゃんだって同じよ。毎日、今こうしてる時だってバージョンアップしてる。だから、訳がわからなくて当然なの」

倉間も言い、米光が「はい、名言出ました〜」と声を上げる。負けじと真由も「私も！」と挙手して身を乗り出す。「大喜利じゃないんだから」と直央は顔をしかめたが、真由は話しだした。

「疑うから、信じられるの。いきなり信頼関係なんて築けっこない。ましてや、直央たちは警察官でしょ。堂々と疑って、でも信頼できると思ったら、とことん付いて行きなさい。そうすれば架川さんも蓮見さんも、きっと応えてくれる」

立ち上がって直央の目を見て、真由は言った。

疑うから、信じられる。不確かで、救いになるようでならない。でも、他に術がないとしたら……。直央がそう考え始めた時、着たままだったコートのポケットでスマホが鳴った。何かあったのかな。スマホの画面を確認し、直央は訝しみながら通話ボタンをタップした。

11

「あれですか？」

　フロントガラス越しに前方を指し、直央は訊ねた。隣の架川も顎で前方を指して答える。

「違う。そっちだ」

「ああ。あっちですか」

　頷いて指を横にずらした直央に、架川が舌打ちする。

「そうじゃねえ。お前、ちゃんと下調べしたのか？」

「しましたよ。でも、似たような建物がたくさんあるから」

　そう直央が言い訳すると、「まあまあ」と架川とは反対側の隣から光輔が割って入ってきた。そして、

「今日の舞台は、あそこ」

と告げて前方を指した。そこには、タワーマンションが二棟並んでいる。形も外壁の色もそっくりだが、手前の一棟より奥の一棟の方が高く、上下に二箇所ある渡り廊下で繋がっている。

「手前が鷲見がいて交渉の場のスカイラウンジがあるA棟で、隣がB棟。A棟は地上四十六階建て、B棟は地上五十二階建てで、B棟の方が高さはあるけど、部屋が広くてつくりも豪華なのはA棟。すごい人気で、B棟は空き部屋があるけど、A棟は常に満室だって」

光輔が解説し、直央はふんふんと聞く。ここは東京臨海新交通臨海線、通称・ゆりかもめの汐留駅近くの路上だ。通りの先には高層の建物が林立し、その向こうに浜離宮恩賜庭園の緑が見える。

一夜明け、直央たち三人はいつも通り桜町中央署に登署した。その後、架川は早退、直央と光輔はパトロールという口実で署を出た。途中、駐車場に停めてあった引っ越し業者のトラックに乗り換え、ここに来た。時刻は正午過ぎだ。

「ところで、架川さん」

直央の語りかけに、架川が「なんだ?」と返す。トラックの運転席に座り、天候が気になるのか身を乗り出して雲一つない空を仰いでいる。

「こういう格好だし、サングラスはやめた方が」

そう続け、直央は架川のレンズが薄茶色のサングラスと濃紺のキャップ、シャツとパンツという出で立ちを眺めた。キャップとシャツ、パンツは引っ越し業者のユニフォームで、左胸にはモモンガのイラストが描かれている。直央と光輔も同じユニフォーム姿だ。

「顔バレ対策だ。鷲見がいるマンションの周りには、俺を知ってる兵庫県警と組対のデカがうようよしてるんだぞ」

「だったら、こっちにして下さい」

直央は告げ、パンツのポケットから黒いプラスチックフレームの伊達メガネを出して差し出した。それを一瞥し、架川が返す。

「いらねえ。お前こそ、何でそんなものを持ってるんだ？」

「こういう時のためです。いいから、かけて下さい」

食い下がる直央に、光輔が「かけた方がいいです」と賛同してくれた。ぶつくさと言いながらも架川が伊達メガネを受け取ってかけると、引っ越し業者のトラックの後ろに白いワンボックスカーが停まった。ドアが開き、降車したのは手嶌。こちらはベージュの作業服の上下を着ている。手嶌が歩み寄って来て、架川は運転席の窓を開けた。

「どうも。清掃業者に紛れてマンションに入るんですね」

「ああ。一途会の最高顧問が鷲見組の組長のいるマンションに現れたとわかりゃ、デカどもが黙ってねえからな」

「確かに。昨日の打ち合わせ通り、慎重にいきましょう」

架川の言葉に「ああ」と頷いた手嶌だが、どこか落ち着かない様子だ。架川は訊ねた。

「どうしました？　気になることがあれば、何でも言って下さい」

「いや。腹は決まってるし、覚悟もできてる。だが、さっきから孫の顔がチラついてな。一途会の参謀と言われた俺が、このザマだ。年は取りたくねえもんだな」

厳しい顔で語り、手嶌は最後にがははと笑った。

足を洗ってかなり経つんだろうし、この人も普通の「じいじ」なんだな。そう思い、直央は申し訳がないような気持ちになった。すると、隣で光輔が身を乗り出した。

「そんなことありません。交渉力に影響力、それにオーラも現役以上です。男を見せて下さい……お祖父さん」

最後のワンフレーズはためらいの感じられる口調で、しかし手嶌をまっすぐに見て言う。一瞬ぽかんとした手嶌だったが、

「おう。任しとけ」

と返し、にやりと笑った。そして「頼んだぞ」と告げて作業服のポケットからキャップを出してかぶり、ワンボックスカーに戻って行った。それを架川が見送り、直央は隣を向いた。

「ノーコメント。質問も受け付けないから」

そう言って光輔が片手を上げ、顔を背ける。すると架川は、

「そんなヒマはねえ。行くぞ」

と告げて窓を閉め、トラックのエンジンをかけた。

間もなく目的地に着いた。架川はトラックを減速させ、鷲見がいるタワーマンションのA棟の前を通過した。A棟は玄関に広い車寄せと庇が設えられ、ホテルのようだ。敷地の前の通りには数台のセダンが停まり、スーツ姿の男たちが乗っている。兵庫県警と組対の刑事だろう。少し離れた路上には高級ワンボックスカーも停まり、車内には鷲見組の関係者と思しき男たちの姿があった。

敷地の端まで行って通りを曲がり、架川はトラックをA棟の裏の通りに入れた。A棟の地下駐車場に通じる出入口があり、そこに入るのかと思いきや、架川はさらにトラックを走らせた。

「あれ？」

直央は呟いたが架川はトラックを走らせ続け、光輔も何も言わない。胸に湧いた疑問と不安を、直央は飲み込んだ。

覚悟を決め今日を迎えた直央だが、架川たちは作戦の詳細を説明してくれない。何度も訊こうかと思ったが、険悪な空気になりそうで、黙って言われたことに従ってい

る。

少し走ると、B棟の裏に差しかかった。架川はハンドルを切り、トラックを地下駐車場の出入口に向かわせた。

B棟から入って、渡り廊下でA棟に行くのか。トラックが出入口の前に停まり、直央はそう推測した。光輔がトラックを降り、格子状のシャッターが下りた出入口に歩み寄る。傍らの壁のインターフォンは、B棟の警備室に繋がっているのだろう。光輔はインターフォンのボタンを押し、何か語りかけた。緊張してくるのを感じながら直央がそれを聞いていると、

「すみません」

と声がして、スーツ姿の中年男が光輔に歩み寄った。後ろにはもう一人スーツの男がいて、その顔を確認した直央の胸がどきんと鳴る。組対の刑事で、架川のマル暴時代の後輩・深山哲司(みやまてつじ)巡査部長だ。中年男も組対の刑事だろう。

「架川さん」

「黙ってろ」

鋭く命じ、トラックの運転席で架川は伊達メガネのブリッジを押し上げ、キャップの鍔(つば)を下げた。

中年の刑事は警察手帳を掲げ、光輔に何か話している。光輔はそれに応(こた)えるふりで、

さりげなく深山に背中を向けた。緊張とともに直央が見守っていると、インターフォンの向こうから誰かの声がして、駐車場の出入口のシャッターが上がり始めた。それを見て気が済んだのか、中年の刑事は会釈してもと来た道を戻りだした。深山も続く。よかった。直央がほっとした矢先、「あれ」と声がして深山が運転席の脇で立ち止まった。そのまま運転席に歩み寄り、窓ガラス越しに架川を見上げる。よくない。そう思い直し、直央の胸がまたどきんと鳴った。架川は動じず、伊達メガネのレンズ越しに前を見ている。その間に光輔が戻り、助手席に乗り込んだ。眉間にシワを寄せて架川の横顔に見入っていた深山が、口を開いた。直央の緊張が一気に増し、深山は言った。

「そんな訳ないか」

と、そこに中年の刑事が戻り、「どうした?」と訊ねた。深山が答える。

「いや。要注意人物に似てるなと思ったんですが、そいつなら、もっと的外れな変装とかするはずなので」

「何だそりゃ」

怪訝そうな顔をした中年の刑事に深山は、「気にしないで下さい」と告げ、光輔たちに「ご協力ありがとうございました」と会釈して歩きだした。すかさず架川はトラックを出し、出入口から駐車場に通じるスロープに入った。

「助かった……ほら。そのメガネに替えてよかったでしょ？」

ほっとして直央は問いかけたが、架川は伊達メガネを外し、不機嫌そうに言った。

「深山の野郎。俺のどこが、要注意人物だ」

要注意を通り越して、危険人物でしょ。直央が心の中で突っ込んだ時、トラックはスロープを下りてB棟の駐車場に入った。

奥の来客用のスペースにトラックを停め、三人で降りた。すると向かいのエレベーターホールから、黒いダウンジャンパーとジーンズ姿の男が歩み寄って来た。

「モモンガ引っ越しセンターの方ですか？」

「はい。本日はよろしくお願いします」

光輔がにこやかに一礼し、男も「どうも」と会釈する。えっ。本当に作業するの？直央は驚き、二人を交互に見た。引っ越しの依頼主らしい男は背が高く、長い前髪に隠れて顔はよく見えないが、歳は三十代半ばぐらいか。当たり前のように、架川はトラックの後ろに廻（まわ）って荷台のドアを開けた。中には数は少ないが、段ボール箱と布製の養生（ようじょう）カバーに包まれた家具が入っていた。

12

架川の指示で、直央たちは引っ越し作業に取りかかった。エレベーターや廊下などに養生をし、四十六階にある依頼主の男の部屋に荷物を運んだ。

「じゃあ、寝室から荷ほどきを始めますね」

そう告げて、光輔は廊下の手前にあるドアを指した。「はい」と頷き、依頼主の男は廊下の奥のリビングルームに入って行った。光輔はドアを開けて六畳の寝室に入り、架川と直央も続く。運び込んだ家具と段ボール箱の脇を抜け、光輔は奥の窓に歩み寄った。カーテンを開けると白い外壁に窓が並んだA棟と、その奥に東京湾が見えた。

「あそこが交渉の場ですよね？」

光輔の隣に行き、直央は訊ねた。今いるのはB棟の四十六階なので、真向かいはA棟の最上階になる。そこはスカイラウンジで、住人や来客が眺望を楽しみ、貸し切りでパーティも開ける共用施設だ。大きな窓が並び、その一角にはテラスも設えられていた。

「そうだ」

と頷いたのは架川。直央の隣に来て、A棟に目を向ける。二百メートルほど離れているのでスカイラウンジ内の人の姿は確認できないが、窓にブラインドなどは下ろされておらず、照明が点されているのがわかった。時刻は午後一時過ぎだ。

「わかった。ここから向こうの音声を聞いて、録音するんですね。でも、どうやって？　昨夜手嶌さんは、『鷲見には、若頭補佐の蛇沢や戸山連合の若中が張り付いてる。交渉の場に入る前に、身体検査をされるだろう』と話してましたよ。事前にスカイラウンジに盗聴器を仕込んだとか？」

また直央が訊ね、今度は光輔が「いや」と返した。

「仕込んでも見つかるし、そうなったら手嶌さんの命が危ない」

「じゃあ」

直央が言いかけた時、廊下をどすどすという足音が近づいて来た。ドアを開け、寝室に入って来たのは、度の強い黒縁メガネをかけ、長い髪を頭の後ろで束ねた女。

「仁科さん⁉」

直央が驚き、女は大柄でずんぐりした体を段ボール箱にぶつけながら窓の前に来て、両手に提げていたジュラルミンケースを床に下ろした。そして、

「よう。ご苦労」

と言う架川を上目遣いに睨み、ちっ、と舌打ちをした。仁科素子巡査部長は、桜町中央署の鑑識係員だ。直央たちとは顔なじみで、一緒に事件を解決したこともある。仁科が黒いジャンパーの下に自分たちと同じユニフォームを着ているのに気づき、直央ははっとした。

「まさか、いつもの手で」

「ご名答。これで役者が揃った。なあ、仁科？」

架川にしたり顔で問いかけられ、仁科はさらに架川を睨み、「いつか殺す。完全犯罪で」と呟いた。二人は旧知の仲らしいが、架川は仁科が公表したくない写真を持っていて、それをチラつかせては彼女に非公式な鑑識作業をさせている。

「さっさと済ませて帰るから。ターゲットがいるのは、あの部屋？」

ぶっきら棒に訊ね、仁科は直央たちの肩越しにA棟を見た。光輔が頷く。

「ええ。できますか？」

「誰に訊(き)いてんの？」

挑発的に問い返し、仁科はジャンパーを脱いで床に置き、ジュラルミンケースの蓋(ふた)を開けた。直央たちが見守る中、仁科がジュラルミンケースから取り出したのは、細長いレンズが付いたビデオカメラのようなものと、デジタルカメラのようなもの。それぞれを自立式の一脚に据え、窓の前に置いた。続いて黒い箱形の機械をいくつかとヘッドフォン、ケーブルなども取り出す。仁科がビデオカメラのようなものの上に懐中電灯に似たものを取り付けるのを見て、直央は問うた。

「それ、レーザーポインターですよね？　ひょっとしてこの装置、いわゆるレーザー盗聴器ですか？」

「よく知ってるね」と頷き、仁科はこう続けた。

「人間は空気中を伝わる振動波が耳の鼓膜を揺らすことで、音や声を感知する。振動波はガラスも揺らすので、ターゲットがいる部屋の窓に照射器でレーザーを当て、反射して返って来たレーザーを受信機で受ける。そこに含まれる振動情報をこの機械で分析し、音声信号に変えるんだ」

語るほどに声ははきはきとし、熱を帯びていく。仁科が仕事モードに入った証拠だ。

「部屋に何かを仕掛ける訳じゃないから盗聴器発見器には引っかからないし、不可視光線を選べば、レーザーは目に見えない。この盗聴器は高性能だから、一キロ先の音声でも聞き取れるよ。部屋を暗くされたり、煙を焚かれるとレーザーの緑色の光線が見えちゃうし、振動波は天気の影響を受けやすいって欠点もあるけど、その心配はなさそうだね」

仁科はさらに語り、直央はだからさっき、架川さんは空を見てたのかと納得する。架川は無言でA棟のスカイラウンジを見つめている。仁科が機械類のセッティングを始め、直央はさらに訊ねた。

「でもこれ、一千万円ぐらいするって聞きましたけど。仁科さんの私物？」

「まさか。知り合いに頼み込んで借りたの。知り合いがどこの誰かは、訊かれても答えないよ」

素っ気なく仁科が告げ、直央は首を横に振って「そんな恐ろしいこと、訊きませんよ」と答えた。

それから仁科は装置のセッティングに没頭し、直央たちは荷ほどき作業をしながら依頼人の男の様子を窺った。しかし依頼人の男は黙々と、リビングルームで荷ほどきをしている。午後二時が近づいたので、直央たちは寝室に戻った。

窓の前にレーザーの照射器と受信機が横並びに置かれ、そこから延びたケーブルが蓋を閉じたジュラルミンケースの上に置かれた機械類に接続されている。仁科はその前に座り込み、機械類に繋げたヘッドフォンの音声を聞いている。既にスカイラウンジへのレーザー照射は開始され、反射して返って来た振動情報の調整をしているようだ。その様子を脇に立った光輔が見守り、架川はスカイラウンジの様子を窺っている。

「それにしてもラッキーですね。引っ越し業者に化けてここに入るまでは何とかなったかなと思いますけど、スカイラウンジの真向かいの部屋を確保できるなんて。偶然だとしても」

室内を見回し、直央が続きを言おうとすると光輔が口を開いた。

「二時一分前です」

たちまち室内の空気が張り詰め、直央も緊張する。

「ＯＫ。準備が終わったよ」

ヘッドフォンを外して一台の機械のボタンを押し、仁科が告げた。光輔が身を乗り出し、架川もやって来た。機械には小さなスピーカーが付いていて、仁科が脇のつまみを捻ると、

「久しぶりだな。三十四、いや三十五年ぶりか」

と、男の声が聞こえた。くぐもっていて、ところどころ雑音も混じるが手嶌の声だ。直央は手応えと興奮を覚え、光輔は機械に接続したスティック型のＩＣレコーダーのスイッチを入れる。と、スピーカーから、

「さあな。どっちにしろ、昔話をしに来た訳じゃないだろう」

と別の男の声が流れた。関西訛りの標準語で、振り向いた直央と光輔に架川が頷く。鷲見利一だ。直央の頭に、下調べで見た鷲見の白い髪と日焼けした肌、鋭い眼光が浮かぶ。低く笑い、手嶌は応えた。

「相変わらず愛想のない男だな……三田といったか？　あんたに殺されかけて、こっちに逃げ込んで来たぞ。鷲見組はフィストのケツ持ちになって、黒田と亀山という男を消したそうだな。三田はあんたに恨み骨髄だから、サツだろうがマスコミだろうが、けしかけりゃ喋るぞ」

事実にハッタリを少し混ぜる。これがやくざの交渉術か。直央は思ったが、鷲見は鼻で嗤った。

「お前もヤキが回ったな。三田が喋ったら、取引はチャラだぞ。一途会も尻に火が付いてるんだろ？　天敵の鷲見組に、商売に噛ませろと迫るぐらいだからな」

そう言い放たれ、手嶌はむっとしたように黙る。声がよく響き、他の声や音は聞こえないので、スカイラウンジには鷲見と手嶌だけのようだ。緊張で息苦しくなり、直央はそっと深呼吸をした。一方他の三人は、手嶌たちの会話に集中している。

体を動かす気配があり、手嶌は本題を切り出した。

「終活ビジネスに目を付けるやくざ者は少なくねえが、鷲見組は規模が違うな。何しろ、足がかりが元警視庁の土地だ。あそこが再開発されたら、フィストの永瀬を運営会社の社長に据え、有料老人ホームを開設するんだろ？　その根回しをしたのが、帝都損害保険の津島信士だ。田頭とかいう、厚労省幹部のバカ息子も押さえてるし、その後の事業展開も安泰だろう」

鷲見は無言。祖父の名前を聞き、直央は鼓動が速まるのを感じた。

「とはいえ、正業だろうが鷲見組が東京に再進出すると聞きゃこっちの組織が黙っちゃいねえ。神群会に日ノ出組、四代目俠極会……だが津島は元警察官僚で、その威光は今も衰えてねえ。少し前に神群会が家宅捜索をかけられ、ドーピング薬物の売買で幹部連中がアゲられたのも、やつの指示だ」

「それも三田がゲロったのか？」

怒りを含んだ声で鷲見が問うたが、手嶌は「さあな」とはぐらかす。鷲見が黒田の音声データの存在を知らないことを利用し、鎌をかけたのだろう。案の定鷲見は黙り込み、すかさず手嶌は告げた。

「一方津島も、金の臭いがするところに集まって来る輩をあんたに追い払わせられる。つまり、鷲見組と津島はケツを持ち合う間柄。しかも津島の後ろにはサツがいるから、鷲見組は警視庁のケツ持ちになるとも言える」

ウソ！　そんなこと、おじいちゃんが認める訳ない。直央は心の中で叫び、怒りを覚えた。半面、手嶌の言葉からは強い説得力とリアリティーを感じる。と、スピーカーからふっ、と笑う声がした。鷲見だ。

「すげえ話だな。事実だとしたらだが」

「ああ。実は俺も、三田の話がガセならいいと思ってる」

声を低くし、手嶌が返す。また鷲見が黙り、場の空気が変わるのがわかった。隣で光輔が、怪訝そうに眉をひそめた。短い沈黙があり、手嶌は話しだした。

「一途会が三十五年もの間、恨み辛みを抱き続けられたのは、それだけ鷲見組がデカくて強かったからだ。だが、それも終わりだな。揉め事起こそうが、抗争しようが、サツは俺らの共通の敵だったじゃねえか。利用するのはいい。だが、一線を越えちゃならねえ。それが極道の筋ってもんだろ」

これも交渉術？　それとも本音？　直央は戸惑い、混乱する。また短い沈黙があり、今度は鷲見が言った。

「筋だの仁義だので、飯が食えるか？　カタギの汚れ仕事を請け負い、見返りに金と力を得て組織をデカくするのが極道だろう。どうせ持つならデカいケツだ。だから俺は半グレのガキと手を組んだし、津島に尻尾を振った。一線を越えなきゃ、陽の当たる場所には出られないんだよ」

鷲見からも信士の名前が出て、直央は呆然となる。しかし光輔は「よし。陰謀を暗に認めたぞ」と呟いた。すると手嶌は、

「一服させてくれ」

と告げ、立ち上がるような気配があった。それを受けて鷲見が「おい」と言い、遠くでドアが開く音と「はい」と応える男の声がした。続いて複数の足音が聞こえたので、戸山連合の若中がスカイラウンジに入って来たのだろう。

「おい。テラスだ」

いつの間に移動したのか、窓の前で架川が告げた。光輔が体を起こし、呆然としたまま直央も窓の前に行く。

直央たちがいる寝室の真向かいがテラスで、その奥に掃き出し窓がある。その掃き出し窓が開き、手嶌がテラスに出て来た。掃き出し窓の前に立ち、景色を眺めるよう

に視線を巡らせたが、盗聴の件は知っているはずなのでこちらを見ない。

直央と光輔、架川が見守っていると、手嶌はシャツの胸ポケットに手をやり、何か取り出した。遠いのでよく見えないが、煙草の箱とライターのようだ。動きで、手嶌が箱から抜いた煙草をくわえ、ライターで火を点けたとわかった。とたんに、

「一服って、煙草のこと⁉」

と声がして、仁科が直央の横に来た。「どうした?」と問う架川に、早口で答える。

「まずいわよ。あの男、ここから照射してるレーザーの通り道に立ってるの」

「盗聴の妨害になるってことですか？　それに、レーザーって目に当たると危険なんでしたっけ？」

直央も訊ねたが、仁科は口調を切羽詰まらせて返した。

「それもそうだけど、レーザーは煙で可視化されるって言ったでしょ？　もしあの男が煙草のけむりを吐いたら」

「盗聴がバレる！」

直央が言い、仁科は大きく頷いた。

「レーザーを一時的に止められないんですか？」

「調整に時間がかかるから、一度止めたら当分盗聴できなくなるよ」

首を回し、架川も言う。

「煙草のけむりなんてわずかで、すぐに消える。間近で見ねえ限り――」

「男が出て来ました！」

光輔の声に、直央たちは窓に向き直った。テラスの手嶌の横に、戸山連合の若中と思しきスーツの男が立っている。何かを手嶌に渡しており、直央が窓ガラスに顔を押しつけるようにして窺うと、ガラスかクリスタルの灰皿だとわかる。手嶌は煙草をくわえたまま灰皿を受け取り、若中の男に片手を差し出した。煙草を勧めているようだ。若中は首を横に振って立ち去ろうとしたが、手嶌は「いいじゃねえか」と言うように片手をさらに上げる。

「煙草のこと、何で言わないのよ」

苛立ったように仁科が責め、架川が返す。

「お前だって訊かなかっただろ」

言い合いを聞きながら、直央はテラスに目をこらし続けた。しばらく押し問答があり、手嶌は煙草の箱を持った手を下ろした。若中の男は身を翻し、直央がほっとしたその時、手嶌はくわえていた煙草をもう片方の手で抜いた。前を向き、首を前に傾けて煙草のけむりを吐く。と、掃き出し窓の手前まで行っていた若中の男が立ち止まって振り向いた。

「手嶌さん、ダメ！」

直央は叫び、光輔は「レーザーを止めて！」と指示する。仁科がレーザー照射器に手をかける。

手嶌は煙草をふかしては二度三度と煙を吐き、それを振り向いた若中が見る。若中が視線を遠くに向けたのに気づき、手嶌が視線の先を追ったとたん、若中は顔を前に戻し、慌てた様子で掃き出し窓を開けた。部屋の中に何か言い、片手で手嶌を指す。たちまち、掃き出し窓から他の若中が数人、テラスに飛び出して来た。若中たちは手嶌を取り囲み、そのうちの一人がテラスのフェンスに駆け寄り、外に身を乗り出してきょろきょろとする。

「伏せて！」

仁科が叫び、直央と光輔、架川はその場にうずくまった。が、向かいから何か怒鳴る男の声が聞こえた。すっくと立ち上がり、架川は告げた。

「バレた。行くぞ」

そして、直央たちの反応を見ずにドアに向かう。ケーブルを抜いたICレコーダーをパンツのポケットに入れ、光輔が続く。胸に焦りが押し寄せるのを感じつつ、直央も二人の後を追った。と、一旦寝室を出た架川がドアから顔を覗かせ、仁科に告げた。

「お前は逃げろ」

「言われなくても逃げるわよ！」

そう返し、仁科はレーザーの照射器と受信機を一脚ごと抱え上げた。

三人で廊下を抜け、開け放たれた玄関のドアから部屋を出た。B棟のがらんとした廊下を走っていると、先頭を行く架川が言った。

「非常階段で四十二階に降り、渡り廊下でA棟に行く」

「はい！」

直央と光輔が声を揃えて返し、すぐに廊下の奥にある非常階段に着いた。架川がドアを開け、三人でコンクリートの壁に囲まれた狭くて急な階段を降り始めた。

四十四階の踊り場まで行った時、ふいに架川が立ち止まった。片手を上げて直央たちにも止まるように指示し、目を伏せる。耳を澄ましているのだと気づき直央も倣うと、階下からバタバタという複数の足音が聞こえた。盗聴を知った鷲見が、戸山連合の若中を差し向けたのだろう。

踊り場のドアから、四十四階の廊下に逃れる？　直央の予想に反し、架川は足音を忍ばせて階段を降りた。そして踊り場の手前のステップで立ち止まり、傍らの手すり壁に身を寄せた。振り返り、ジェスチャーで直央たちも倣うように命じる。

身をかがめて息も潜め、待つこと三十秒。足音の主が四十二階から四十三階に通じる階段を上り始めた。蛍光灯に照らされた空間に革靴の足音が重なり合って響き、手すり壁からはかすかな振動も伝わってくる。

足音はさらに大きくなり、先頭の一人が四十四階の踊り場に着いた。すると架川はすっと立ち上がり、その直後、直央たちの前にスーツ姿の若中が姿を現した。

直央たちに気づいた若中ははっとして立ち止まり、それを待っていたかのように架川は腰を落として身を引き、片脚を上げて前に振り出した。ずん、と重たい音がして、架川の足が若中のみぞおちにめり込む。若中は目を見開き、身をかがめて腰を引いた。決まった。とっさに直央は思ったが、

「おい！」

「どうした⁉」

と声がして、後続の若中が二人、踊り場に駆け込んで来た。すかさず、架川は蹴りを入れた若中の肩を摑んで後ろに押した。バランスを崩した若中は仰向けで倒れ、後ろの若中にぶつかった。後ろの若中も倒れ、最後尾の若中にぶつかる。最後尾の若中は、階段を転げ落ちて行った。

「行くぞ！」

鋭く叫び、架川は四十四階の踊り場に飛び降りた。重なり合って倒れている若中二人の脇を抜け、階段を降り始める。光輔と直央も、急いで後に続いた。

前を行く架川たちが階段を降りきって四十三階の踊り場に着き、直央もあとちょっとという時、

「てめぇ！」

と鋭い声がして、階段の途中に倒れていた最後尾の若中が起き上がった。階段をずり落ちながらも腕を伸ばし、脇を抜けようとする直央の片手を摑んだ。とっさに、直央はその手を振り払おうとしたが、最後尾の男はさらに強く直央の手を摑む。恐怖と同時に怒りが湧き、直央は摑まれたのとは逆の手で拳を握り、斜め前に突き出した。めきっ、という不穏な音とともに、直央は自分の拳が硬いものにぶつかるのを感じた。拳に鋭い痛みが走り、直央は顔をしかめて手を引っ込めた。最後尾の若中も裏返った声を上げ、手のひらで鼻を押さえた。その格好のまま、最後尾の若中は階段をずり落ちて行く。

「水木！」

四十二階に通じる階段の下から顔を出し、架川が呼んだ。「はい！」と返して拳をもう片方の手で押さえ、直央は最後尾の若中の脇を抜けて踊り場に降りた。

「やるじゃねえか。今の音、鼻の軟骨が折れたぞ」

階段を降りながら架川がにやりとし、直央は「言ってる場合ですか」と返し、拳をさすって後に続いた。四十二階の踊り場では、光輔がドアを開けて待っている。

階段を降りきり、ドアから四十二階の廊下に出た。廊下を駆け抜け、角を曲がると壁と天井がガラス張りの渡り廊下に出た。そこも駆け抜ける直央たちに、向かいから来たベビーカーを押した主婦のグループが驚き、脇に避けた。

A棟に渡り、非常階段を駆け上がった。四十六階に着き、廊下に出た。高そうなカーペットが敷かれた広い廊下の左右に、フィットネスルームや図書室、シアタールームなどが並んでいる。鷲見が手を回したのか、利用者の姿はなかった。スカイラウンジは一番奥にあり、若中たちが飛び出して行ったのか、ガラスのドアは開いていた。

壁に張り付くようにして中を窺っていた架川が直央たちに目配せし、スカイラウンジに入った。腰を低くして足音を忍ばせ、直央と光輔も付いて行く。

フローリングの床の広々としたスペースで、手前に椅子がずらりと並んだ木製のダイニングテーブル、奥に白い革張りの大きなソファが向かい合って置かれている。角部屋で、正面と傍らに大きな窓があり、テラスは傍らの窓の向こうだ。直央たちは傍らの窓の前に置かれたダイニングテーブルの陰に隠れ、前方を窺った。

正面に掃き出し窓があり、テラスの手前に男が二人、こちらにダークスーツの背中を向けて立っている。一人は鷲見、隣の大柄な男は若頭補佐の蛯沢宣克だろう。

「お前らはここに残れ。ヤバくなったら、外の深山に連絡しろ」

直央たちの顔を交互に見て、架川は小声の早口で告げた。戸惑い、直央は、

「でも、鷲見たちが拳銃とか持ってたら」

と返したが、架川にぴしゃりと「だから、お前らが残るんだ」と言われた。直央が

黙ると、架川はさらに言った。

「俺の命は、お前らに預ける。もしここで殺られても、俺の意志とやるべきことは、お前らが引き継いでくれると信じているからだ」

そして最後に、一際強い目で光輔を見る。わずかな間の後、光輔は応えた。

「わかりました。気をつけて」

「よし」

立ち上がり、架川はダイニングテーブルの陰から出た。一旦立ち止まって深呼吸をし、歩きだす。まっすぐに伸びた背筋と怒らせた肩。大きな架川の体が、さらに大きく見える。そのまま足を前に投げ出すようにして歩き、架川は掃き出し窓からテラスに出た。

「よう」

架川の声に、鷲見と蛯沢が振り向く。案の定、蛯沢の手には拳銃が握られていた。素早く腕を上げ、蛯沢は銃口を架川ではなく前に向けた。直央はダイニングテーブルの上に頭を出して目もこらし、蛯沢の銃口の先に手嶌がいると確認した。歩み寄って来た架川に、蛯沢は告げた。

「止まれ。こいつを撃つぞ」

「穏やかじゃねえな……手嶌さん、すまねえ。詰めが甘かった」

蛯沢たちの数メートル手前で足を止め、架川は言った。表情を緩め、手嶌が応える。

「いや、しくじったのは俺だ。煙草を吸ったのがまずかったんだろ？　孫にも医者にも、禁煙しろって言われてるんだ」

「御託を並べんなや！　舐めたマネしくさって」

関西弁になり、蛯沢がキレる。それを隣の鷲見が「おい」と咎め、架川を見た。

「また会ったな。この騒動はあんたの仕業か。若いのも一緒だろ？　あんたが言ってた通り、相当ハネてるな」

「だろ？」

自慢げに訊き返し、架川は顎を上げた。ハネてるって、私たちのこと？　直央は思い、隣の光輔もダイニングテーブルの上に顔を出して前方を見る。視線を向かいに戻し、鷲見は告げた。

「手嶌。俺と取引したいんだろ？　なら、架川に俺らの会話を盗聴したデータを渡せと言え。そうすりゃ、命は助けてやる」

「ふざけるな」

唸るように手嶌が返し、鷲見は肩を揺らして嗤う。そのふてぶてしく余裕綽々な態度に、直央の闘志が湧く。と、架川が言った。

「さっきお前は、陽の当たる場所に出ると言ったな？　だが、そんなに甘かねえぞ。

居場所を変えたところで、悪事はチャラにならねえ。むしろ、お天道様がお前の罪や、汚れた手を煌々と照らす」

「サツの理屈だな。犯罪者に前科者に前歴者。作ってるのは全部お前らだ。しかも作るだけ作って、後は知ったこっちゃないだ。なら日陰者同士、肩を寄せ合って生きていくしかないだろう。だが、お前らはそれを暴力団、犯罪者集団と呼び排除する。本末転倒じゃないか」

鋭く、理路整然と鷲見は語った。それを鋭い目で見据える架川だが、何も言わない。直央の頭に、一昨日の夜、手嶌から聞いた、やくざから足を洗った者が置かれた現況が蘇った。口調を和らげ、鷲見はこう続けた。

「架川さん。上手くやろうや。敵同士のように見えて、俺らは似てる。警察も暴力団も閉じられた狭い世界で、上の言うことは絶対だ。抱えてる怒りや理不尽さも、似たようなものだろう。俺が津島と組んだ理由も、それだ」

黙っていられない。でも、何を言ったらいいのかわからない。気持ちを大きく揺らしながらも、直央は立ち上がろうとした。が、先に光輔が立ち上がり、ダイニングテーブルの陰から出た。直央が止める間もなく、掃き出し窓からテラスに出る。自分を振り返った鷲見に、こう告げた。

「詭弁だな」

「なんやと。このガキ」

蛯沢がすごみ、鷲見は片手を上げてそれを制する。架川の隣に立ち止まった光輔に、鷲見が言う。

「お前は蓮見光輔だな。知ってるぞ。詭弁とはどういう意味だ？」

「令和三年の特殊詐欺の被害総額は、二百八十二億円。そして令和三年に特殊詐欺で検挙された暴力団構成員は三百二十三人。そのうち、詐欺グループのリーダーとして検挙された構成員の割合は、全体の三十九・五パーセントに及ぶ……これのどこが日陰者？　犯罪者が被害者面するって、それこそ本末転倒でしょ」

冷静かつ滑舌よく、光輔は迫った。鷲見は無言。しかしその全身から抑えた怒りと威圧のオーラが放たれている。何か返そうとした蛯沢を遮り、光輔はさらに言った。

「それに、あんたと架川さんは似てなんかいない。あんたは自分が作り上げた組織を守ることに必死だ。でも架川さんは組織が間違ったことをしているとわかったら身の危険も顧みず、それをぶっ壊す。そんな人だから、僕は架川さんと組んだ。掟もないし、盃も交わしていない。それでも、僕らはコンビで相棒だ」

一転して、熱っぽく訴えるような口調。光輔の心からの言葉だとわかり、直央の胸ははやる。闘志も強まり、立ち上がった。

「コンビじゃなく、トリオです！」

声を張って告げ、スカイラウンジからテラスに駆け出た。光輔の隣で立ち止まった直央を、架川が驚いたように見る。鷲見はこちらを睨み続けているが、黙ったまま。と、じれたように蛯沢が怒鳴った。

「組長。何も言わへんのですか？　架川には、三田の件の借りもあるやないですか」

「やかましい！　お前、誰にもの言うてんねん」

ついに鷲見もキレ、隣を見上げて一喝した。一瞬怯んだ蛯沢だが、歪めた顔をみるみる赤くし、何かわめいて前に走った。手嶌の後ろに廻り、彼のこめかみに銃口を押しつける。

「舐められてたまるか！　おやじがやらへんなら、俺がカタ付けたる」

「蛯沢！」

架川の声に、

「やめんか！」

と鷲見の声が重なる。

「やれるもんなら、やってみろ！」

手嶌もキレ、「おお、やったるわ！」と蛯沢は拳銃の撃鉄を起こして引き金に指をかけた。焦りにかられ、直央が、

「やめろ！」

と叫んだ直後、テラスにけたたましいアラーム音が響いた。直央は驚き、蛇沢も動きを止める。とたんに、架川が動いた。蛇沢に駆け寄って拳銃を握った手を摑み、続いた光輔が手嶌の腕を引いて脇に逃れる。

「クソが！」

蛇沢は怒鳴り、架川の脚を蹴った。衝撃でふらついた架川だが、蛇沢の手と銃口を摑んだ手は放さない。

「動くな！　警察だ」

後ろで声がして、アラーム音にどたばたという足音が重った。振り向いた直央の脇を抜け、スーツ姿の一団が架川たちに駆け寄る。その中の一人、いかつい顔の中年男が腕を伸ばし、架川の手の上から拳銃を摑んで蛇沢の手からもぎ取った。いかつい顔の男は脇に避け、獣のような声を上げて暴れる蛇沢は、他の男たちが押さえ込んだ。男たちはみんな、組対と兵庫県警の刑事だろう。と、また掃き出し窓から数人の刑事が出て来て、鷲見を取り囲んだ。中の一人がアラームに負けないように声を大きくして、

「鷲見利一。脅迫の共同正犯で、現行犯逮捕する」

と告げ、鷲見の腕に手錠をかけた。鷲見は無言。それを蛇沢たちの脇に立った架川と、手嶌とテラスの隅に立った光輔が見つめている。

その後も蛯沢は抵抗し、刑事たちとの揉み合いが続いた。鷲見は無言のまま刑事たちに囲まれ大人しくしているが、二人は同時に連行されるようで、その場に留まっている。駆け寄った直央も加わり、三人で手嶌の無事を確認していると、アラームが止んだ。テラスに中途半端でしらけた空気が流れ、蛯沢も急に大人しくなる。その隙に刑事たちは蛯沢にも手錠をかけ、中の一人が直央たちに歩み寄って来た。振り返った架川に、

「あんたのことやから、なんぞ企んどるんやろうとは思うてたが。ほんま、勘弁してや」

と捲し立てる。さっき蛯沢から拳銃を奪った、ごつい顔の刑事だ。この人が、兵庫県警の樋口警部補だ。直央がそう察すると、架川は笑って応えた。

「悪かったな。事情は後で説明する。取りあえず、これを聴いてくれ」

顎で隣の光輔を指す。躊躇したように隣を見返した光輔だったが、架川に「大丈夫だ。俺が保証する」と告げられ、パンツのポケットからＩＣレコーダーを出して差し出した。

「これは……いや。なんも知らんと聴いた方がよさそうやな。任しとき」

顔を引き締めてそう告げ、樋口はＩＣレコーダーを受け取ってジャケットのポケットにしまった。樋口が蛯沢の下に戻り、入れ替わりで深山が近づいて来た。

「いま、樋口さんに何を渡したんですか？」

いきなり問いかけ、疑惑に満ちた目で架川を見る。また笑い、架川は答えた。

「後のお楽しみだ。それより、さっきB棟の裏で会ったろ？　あんな変装を見破れねえんじゃ、警部補昇進は当分お預けだな」

「ほっといて下さい！」とわめき、深山が顔を背ける。その姿に架川はさらに笑い、直央は訊ねた。

「深山さんたちは、どうしてここに？」

「B棟の住人から、『非常階段で、やくざみたいな男が騒いでる』と通報があったんだよ。で、急行したら今度はA棟の非常警報設備のアラームが鳴りだして……非常階段には戸山連合の若中が倒れてたけど、あれも水木さんたちの仕業？」

「非常警報設備って、いわゆる非常ベルですよね？」

直央が問い返すと、むっとしながらも深山が頷く。直央がさらに質問をしようとすると、深山は告げた。

「言っておきますけど、架川さんたちには、このあと本庁に来てもらいますよ」

「おう。望むところだ」

架川にあっけらかんと返され、深山はうんざり顔になる。と、刑事たちと蛯沢が歩きだし、深山はそちらに戻って行った。鷲見と刑事たちも続き、直央たちに近づいて来る。眼差しと威圧感を強め、架川はそれを見た。手錠をかけられながらも、鷲見は背筋を伸ばし、口を引き結んでまっすぐ前を見ている。

と、直央たちの前に差しかかった鷲見が足を止めた。架川を振り向き、こう告げた。

「俺が何を喋ろうが、あいつのひと言でチャラだ」

「何だと？」

そうすごみ、鷲見に向かって行こうとした架川を光輔が止める。蛯沢に続き、鷲見は掃き出し窓からテラスを出て行った。その背中を睨む架川と光輔に、直央は訴えた。

「『あいつ』って、祖父のことですよね？」

「うん」

光輔は頷き、直央の前に左腕を突き出した。その手首には腕時計がはめられ、時刻はすでに午後四時を過ぎている。迷わず、直央は体を反転させて走りだした。

13

タワーマンション周辺は、B棟での騒動を聞きつけた野次馬とマスコミでごった返していた。それに乗じ、直央たちと手嶌はそれぞれ、乗って来た車でタワーマンションを脱出した。

トラックのハンドルは光輔が握り、直央は荷台で引っ越し業者のユニフォームからダークグレーのパンツスーツに着替えた。間もなくトラックは停まり、直央は光輔が開けてくれたドアから荷台を降りた。そこは日比谷の真ん中で、陽が暮れかけた通りの向かいには、古く大きな建物がある。光都ホテルだ。

直央が通りの端で光都ホテルを見上げていると、架川もトラックから降りて来た。

「本当に一人で行くのか？」

「はい。鷲見の言葉がハッタリとは思えないし、いま動かないと全部もみ消されますよ」

「そりゃそうだが」

「それに、私はデカでこれは私のヤマです」

きっぱり告げた直央を、架川が驚いたように見る。そこに光輔が来て問うた。

「当然、あれを使うんだよね？」

「ええ」と頷き、直央は肩にかけた黒革のトートバッグの口を開け、手帳を出した。手帳の表紙に挿したボールペン型のボイスレコーダーを抜き、トートバッグのポケットからジップバッグも出す。ジップバッグの中身は小型のマイクロSDカードで、先月、祖父・津島信士から返却されたものだ。光輔と架川が見守る中、直央はボールペン型のボイスレコーダーの中にマイクロSDカードをセットし、頭の録音ボタンを押して手帳に挿した。手帳をトートバッグに戻し、髪の乱れを直す。それを眺め、架川は言った。

「わかった。行け。鷲見の音声データはあるが、裏は取れてねえ。空手で敵陣に乗り込むことになるが、お前に限ってそれはチャンスだ」

「行き当たりばったり」

光輔も言い、「そうだ」と架川が頷く。

「出たとこ勝負で、やりたいようにやってみろ。ただし、情に流されたり、甘えが出たりしねえように——おい、聞いてんのか？」

直央は胸に手を当て、「はい！」と顔を上げた。「本当かよ」と顔をしかめた架川だが、「だが、ここまで来たら腹をくくるしかねえ」と言って強い目で直央を見た。

「はい。行って来ます」

背筋を伸ばして一礼し、直央は身を翻した。傍らの横断歩道に向かおうとした矢先、「ちょっと待って」と光輔に呼び止められた。振り向くと、光輔は手を伸ばして直央のジャケットの衿を直し、

「うん、いいね。スーツは刑事の戦闘服だから」

と頷いた。「どうも」と返し、直央は再度光輔と架川に「行って来ます」と会釈をした。身を翻した直央の視界の端に、

「行ってらっしゃい」

と返す光輔の笑顔がかすめた。

ドアマンが開けてくれたドアから、光都ホテルに入った。スーツ姿のビジネスマンやスーツケースを引く外国人観光客とすれ違いながら、吹き抜けの広いロビーを抜けてエレベーターホールに向かった。脇に置かれた案内板を見ると、奥多摩の土地の再開発計画に関する記者会見は二階の宴会場で行われるようだ。

エレベーターで二階に上がり、ロビーに出た。取材に来た記者やカメラマンと思(おぼ)しき人が大勢いて、その奥の廊下に宴会場のドアが並んでいる。ドアの一つは開いていて、スーツ姿の男女が出入りしているので、あそこが記者会見の会場だろう。踵(きびす)を返し、直央は廊下を会場とは逆方向に進んだ。

こちらにもドアが並んでいて、その一つの脇に「警視庁機動隊総合訓練施設跡地利用計画記者会見　関係者控室」と書かれた案内板があった。歩み寄ってノックするとドアが開き、スーツ姿の若い男が顔を出した。

「すみません。私、津島信士の孫の水木直央です。祖父に急用があって来ました」

眉根(まゆね)を寄せ、切羽詰まった口調で告げる。面食らった様子の若い男だが、「少々お待ち下さい」と応え、ドアを閉めた。間もなくドアは開き、若い男は言った。

「どうぞ。間もなく記者会見が始まるので、手短にお願いします」

「わかりました」

そう返し、直央は控室に入った。板張りの壁に囲まれた広い部屋で、中央に布張りの椅子が、コーヒーカップや水のグラスが載ったローテーブルを挟んで並んでいる。椅子には仕立てのいいスーツを着た年配の男たちが座り、その一番奥に信士がいた。直央に気づき、信士は隣席の男との会話を止めて顔を上げた。

「直央か。来ると思っていた」

落ち着いた様子で告げ、向かいに目配(めくば)せをする。と、年配の男たちが一斉に立ち上がってドアに向かおうとした。人払いするってことは、タワーマンションの騒動が耳に入ってるのね。そう悟りながら、直央は並んだ椅子とテーブルの前に進み出た。スラックスのポケットから警察手帳を出し、顔の脇に掲げる。

「そのままで。警視庁の水木です」

信士の秘書なのか、後ろでさっきの若い男がうろたえたのがわかった。年配の男たちも驚いたように顔を見合わせている。男たちは信士以外に五人いて、目つきと体格からしてその全員が警察ＯＢだろう。

信士が小さく頷くと、年配の男たちは椅子に腰を戻した。それを確認し、直央は警察手帳をしまった。もう後戻りはできないと感じたが、気持ちは揺れなかった。年配の男たちに目をやり、直央は話しだした。

「みなさんは再開発計画の参画企業の幹部で、計画の実行委員のメンバーですね。そして、そのリーダーが帝都損害保険の副社長、津島信士。でも津島は、計画を巡る陰謀のリーダーでもあります」

きっぱりと告げて奥の椅子を見ると信士も直央を見たが、何も言わない。代わりに年配の男たちが、

「何の話だ？」

「あなた、津島さんの孫じゃないの？」

とざわめいたが、無視して直央は続けた。

「警察OBである津島は、本庁組織犯罪対策部の船津成男と椛島寿夫に指示し、計画の邪魔になる指定暴力団・神群会を排除させた。先月、神群会の本部事務所からドーピング薬物が発見された事件がそれです。しかしそれを私と仲間に知られると、指定暴力団・鷲見組組長・鷲見利一に依頼し、証人である半グレ集団・フィストのメンバー、黒田と亀山を殺害した。鷲見は、船津の自殺と椛島の休職にも関わってるはず。津島と鷲見は、鷲見が汚れ仕事を請け負い、津島は鷲見組の東京進出に便宜を図るという共謀関係にあります」

「何を言ってるんだ」

「無礼にもほどがある。きみ、所属はどこだ？　上官は？」

　顔を険しくした年配の男たちに、直央は返した。

「全て事実で、黒田たちの殺害の証人はいるし、鷲見も共謀関係を認めました……おじいちゃん、ここまでよ。いくらもみ消しても隠しきれない。三田も永瀬も、鷲見だって、結局は自分が一番可愛いの。身を守るためなら、真相を話すわ」

　そう語りかけ、信士を見つめる。すると、信士は応えた。

「直央。このまえ私が言ったことを覚えているか？　警察官は権力を持ち、それを行使できる。お前が人を疑えば、責任が生じる。その上で私を疑い、糾弾するのか？」

「そうよ。警察官としての責任なら、この八カ月で学んだ。特別研修で桜町中央署に配属されて、架川警部補と蓮見巡査長に出会えたから。全部おじいちゃんのお陰よ」

　言いながら、直央の頭にこの八カ月間の記憶が猛スピードで再生された。

　警察学校の卒業式に迎えに来た架川を、やくざと間違えたこと。光輔のイケメンぶりに胸をときめかせたのも束の間、「行き当たりばったり」「信念のない人間には、平和も命も守れない」と言い渡されたこと。覚えたくもないのに覚えてしまった、架川が使う暴力団関係者の隠語と、マル暴デカの捜査テクニック。ウソ臭さの極みの光輔の笑顔と、時折見せる冷たいが切実な眼差し。そして刑事になり、事件を捜査しなければ知り得なかった、人のもろさや哀しさ、想いの強さ……。熱いものが胸を突き上げ、直央は問いかけた。

「おじいちゃんこそ、このまえ私に言ったことを覚えてる？　『お前に対しても、それ以外の何者に対してもやましいことはない』。今でも同じことが言える？」

後半は喉が詰まり、目に涙が滲んだ。それを見返し、信士が黙る。目からぶわっと涙が溢れ、直央はバッグを足下に置いて身を乗り出した。

「なんで？　『言える』って答えてよ」

言葉に詰まり、俯く。頬を伝う涙が、ぽたぽたと深紅のカーペットに落ちた。と、信士が立ち上がった。

「わかった。『言える』だ。私には、やましいことなど何もないよ」

「だって」

「直央。上に立つ者には、強い意志や覚悟など様々な資質が求められるんだ。私は、その全てを併せ持っているのが警察官、中でも選ばれた一握りの者だと信じている。だからこそ、立場を維持し、活かす場を広げていかなくてはならない。そのためには、結果を出さなくては。大きな計画を成功させ、世の中に我々の存在と必要性を認めさせるんだ」

静かに、しかし力強く語り、信士は年配の男たちに視線を走らせた。

「我々が目指しているのは、平和で秩序の守られた世界。正しいことをするためには、わずかな悪も必要なんだ」

「でも鷲見組は『わずか』じゃないし、人も殺されてる」

顔を上げ、涙を流しながら直央が反論すると、信士は声を和らげて応えた。

「そうだな。だが、私は連中の扱い方を心得ている。染まりもしないし、手を汚すこともない。だからおじいちゃんは間違っていないし、やましいことは何もないんだよ」

最後は自分を「おじいちゃん」呼びし、直央に歩み寄った。ジャケットのポケットからプレスされたハンカチを出し、差し出す。それを受け取って涙を拭い、直央は震える声で訊ねた。

「それ本当？　ウソじゃないって誓える？」

「もちろん本当だし、誓える。だから、泣くのをやめなさい」

優しくそう返し、信士は大きくがっしりした手で直央の頭をぽんぽんと叩いた。その直後、直央は言った。

「……何それ」

信士の手が止まり、直央はハンカチを下ろして顔を上げた。

「『連中』『扱い方を心得ている』って、鷲見組のことでしょ？　なら、さっきの私の話を認めたってことよね？　やっぱりおじいちゃんは、鷲見と共謀関係にあるんだわ」

鼻声で捲し立てると、信士は驚いたように手を下ろし、「いや」と返した。その顔をまっすぐに見て、直央は続けた。

「しかもその理由が、選ばれた警察官の立場を維持し、活かす場を広げる？　それって要は天下りでしょ。理屈をこねてたけど、つまり退官後の警察官僚のポストをキープしつつ増やしたいって話よね？　違う？」

憤りとともに問いかけ、直央は年配の男たちを見た。腰を半分浮かせている者もいたが、全員啞然としている。その様にさらに憤り、直央は視線を信士に戻した。

「それに、正しい世界をつくるためにはわずかな悪が必要？　必要悪ってこと？　だったら、そんなものはない。どんな悪も絶対見逃さないし、許さない。それが警察官よ。じゃなきゃ、私たち現場の人間は体を張れない」

そう断言すると、胸に憤りとは別の力が湧いた。信士にハンカチを押しつけてトートバッグを持ち上げ、直央は身を翻した。そのままドアに向かおうとしたが、

「直央。待ちなさい」

と呼ばれた。振り向いた直央の目に、このまえ会った時にも見た、厳しく威圧感に溢れた目をした信士が映る。

「ボールペンは置いて行きなさい。録音スイッチを入れて、バッグに入れているだろう」

有無を言わせぬ口調で告げ、信士は秘書の男に目配せをした。と、秘書の若い男が

直央に歩み寄って手を差し出した。無視しようとした直央だが、後ろから来た年配の男たちに取り囲まれてしまった。その肩越しに信士を見て、直央は問うた。

「これがおじいちゃんのやり方？」

「ああ。正しいやり方だ」

その迷いもためらいもない声に、直央の中に残っていた信士への思慕と甘えが消える。

無言でトートバッグを開けてボールペン型のボイスレコーダーを出し、秘書の若い男に渡した。それを秘書の若い男から受け取った信士は、ボタンを押して録音を止めた。続いて、慣れた仕草でボールペン型のボイスレコーダーの本体からペン先を外し、マイクロSDカードを抜き取った。そして指先でマイクロSDカードをつまみ、ぱきりと折った。

「副社長。記者会見のお時間です」

マイクロSDカードの破片とボールペン型のボイスレコーダーを信士から受け取り、秘書の若い男は告げた。小さく頷(うなず)き、信士はこう命じた。

「直央をここから出すな」

自分の脇を抜けてドアに向かう信士に直央は、

「待ってよ！」

と呼びかけ後を追おうとした。が、秘書の若い男に阻まれ、信士は控室を出て年配の男たちも続いた。秘書の若い男の手を振り払い、直央はドアに駆け寄った。

「おじいちゃん！」

廊下に飛び出して叫んだが、年配の男たちの先頭を行く信士は足を止めず、振り向きもしない。絶望と怒りが直央の胸に広がりかけた刹那(せつな)、

「待ってやれよ。可愛い孫だろ？」

とぶっきら棒な声がして、信士と年配の男たちが立ち止まった。直央がはっとすると、信士の前に架川がいた。着替えたらしく黒いダブルスーツ姿で、隣には同じく黒だがシングルスーツを着た光輔もいた。

「あなた、何なんですか」

駆け寄って来た秘書の若い男をひと睨(にら)みで黙らせ、架川は両手をスラックスのポケットに入れて信士を見た。

「名乗るまでもないと思うが、俺が桜町中央署の架川だ」

軽く会釈し、光輔も言う。

「同じく、蓮見です」

「きみらか。良くも悪くも、有名人だからな。孫が世話になっているようだが、あいにく時間がない」

感情を含まない声で告げ、信士は歩きだそうとした。その前に立ち塞がるように身を乗り出し、架川はさらに言った。

「確かに時間はねえな。あんたはじきに、手錠をかけられる」

「言いがかりだな」

架川たちの隣に駆け出て、直央は訴えた。

「ウソです！　祖父は全部認めました」

「私は何も認めていないし、証拠もないだろう」

すかさず切り返され、直央は言葉を失う。と、架川が隣を見て「言ってやれ」と促す。「はい」と返し、光輔も信士を見た。

「言いたいことは、全部水木さんに言われちゃったから……でも、証拠ならあります」

そう告げて直央に向き直り、「ちょっとごめん」と断って腕を伸ばすと、直央のジャケットの衿を捲った。ぺりっと小さな音がして、光輔は片手を信士の眼前に突き出した。信士がそれを見て、直央も倣う。

五ミリ四方ほどの、黒くて薄い正方形。しかしよく見ると、正方形の上部には針の先ほどの赤いランプが点っている。

「超小型のワイヤレスマイク。控室の会話は僕らも聞いて、録音しました」

「なに⁉」

　信士が声を上げ、ワイヤレスマイクに手を伸ばそうとする。それをさっと避け、光輔はにっこりと、いつもの笑みを浮かべてこう告げた。

「お疲れ様でした」

　顔を強ばらせた信士だが、秘書の若い男に「行くぞ」と命じて歩きだした。その前に架川が「そうはいくか」と立ちはだかり、信士と秘書の若い男、年配の男たちも加わって押し問答になる。すると、「失礼します」と、廊下の先からまたもやスーツの中年男が近づいて来た。押し問答がストップし、スーツの中年男は警察手帳を掲げた。

「警視庁捜査第一課の者です。津島信士さん、ご同行願えますか？」

「理由は？」

「黒田智弘と亀山雄星への殺人教唆容疑です」

　スーツ姿の中年男は即答し、部下と思しき刑事たちも集まって来る。うろたえたように、年配の男たちが後ずさった。すかさず、刑事たちは信士を取り囲み、「ひとまず、あちらに」と廊下の先に連れて行く。それを秘書の若い男が「待って下さい！」と追いかける。

　その後ろ姿を見送り、光輔が言った。

「上手くいったね」

「ええ」

真顔に戻り、直央は頷く。と、架川が問うた。

「お前、ワイヤレスマイクのことを知ってたのか？」

「はい。蓮見さんが、『津島は水木さんがボールペン型のボイスレコーダーを使うと予想するはず。裏を掻いて、衿にワイヤレスマイクを仕込もう』と提案してくれました。捜査第一課の刑事が来たのは、三田が出頭したからですか？」

「ああ。俺が『鷲見は逮捕され、津島も時間の問題だ。手嶌さんが付き添うから、警視庁に行ってゲロしろ』と電話で説得した。今後は組対との合同捜査になるだろう。一騒動起きるぞ」

最後ににやりと笑ってから真顔に戻り、架川は直央に「大丈夫か？」と訊いた。

「ええ。ありがとうございます」

まだ少し鼻声なのを感じながら、直央は頷いた。

「ヒヤヒヤしたが、ペーペーにしちゃ上出来だ。行き当たりばったりが功を奏したな」

「いや、実は違うんです。行き当たりばったりじゃなく、演技。津島たちとのやり取りは、水木さんのお芝居です」

そう告げて、光輔も会話に加わる。「なに!?」と架川が首を突き出し、直央は答えた。

「昨夜、蓮見さんから電話があったんです。『きみの演技力を活かして、津島から陰謀の証拠を聞き出そう』と言われました。もともと、ここには来るつもりだったんです。でも祖父に勝てる気がしなかったし、演技プランを任せてもらうって条件で引き受けました」

説明しながら、昨夜のやり取りを思い出す。電話があったのは、真由と桜町三姉妹と自宅マンションにいた時だ。驚き、ためらいもしたが光輔の言葉には覚悟が感じられ、真由たちの言葉にも背中を押され、決断した。茫然としながら、架川が訊ねた。

「なら、あのべそべそ泣きも逆ギレも、全部芝居か？」

「べそべそ泣きじゃなく、泣き落としです」

訂正しながら、さっきの緊張と高揚感が蘇った。演劇部時代は脇役専門だった自分が、初めて納得のいく芝居ができた気がする。しかしその反動か、今の自分と状況に現実感がない。顔をしかめ、架川は捲し立てた。

「何で黙ってたんだよ。ずるいじゃねえか。二人して、人をのけ者にしやがって」

「それも演技プランの一つです、『敵を騙すにはまず身内から』って言うでしょ？　それに、架川さんだって引っ越し業者に化けるとかレーザー盗聴器を使うとか、教えてくれなかったじゃないですか」

「それはこいつが、『プレッシャーでミスをするとまずいから、水木さんには黙っていましょう』と言うから」

「こいつ」と言う時には光輔を指し、架川が弁明する。が、光輔は平然と返した。

「それは認めますけど、架川さんだって、兵庫県警の樋口さんのことを内緒にしていたじゃないですか。忘れたとは言わせませんよ」

「言わねえよ！……待て。つまり、全員何かしらの隠し事をしてたってことか？　なら、どっちもどっち、お互い様だな」

　わめいたあと急に考え込み、架川は顎を上げて笑った。それを呆れたように見た光輔だったが、「まあ確かに」と同意した。

「つまり、俺ら三人は似たもの同士、呉越同舟ってやつだ」

　そう言い放ちさらに笑った架川だったが、直央が、

「ゴエツドウシュウ？　それも暴力団関係者の隠語ですか？」

　と訊くと、「アホ」とまた顔をしかめた。気づけば、廊下には直央たち三人だけ。中年の男たちはどこへ行ったのかと直央が視線を巡らせようとした矢先、廊下の先から「ちょっと」と捜査第一課の刑事が歩み寄って来た。

14

「いいんだな？」

警務部長が問うた。

「はい」

という直央の返事に架川のそれも重なる。と、警務部長は長机の隣と傍らに目配せをした。そこには警務部人事第一課監察係の監察官、組織犯罪対策部部長、刑事部長といった制服姿の男たちがいる。男たちは難しい顔をしながらも小さく頷き、警務部長は視線を直央たちに戻した。

「わかった。ただし、次はないぞ」

重々しく警務部長が告げ、直央の隣に立った光輔が神妙な顔で「はい」と返し、深々と礼をした。直央も倣い、架川も嫌々といった様子で会釈する。「失礼します」と告げて光輔がドアに向かい、架川と直央も続いた。

三人で会議室から廊下に出た。

「『次はないぞ』ときやがった。やくざ者かよ」

廊下を歩きだすなり言い放ち、架川はスラックスのポケットに手を入れた。ライトグレーに白いストライプのダブルスーツ姿で、ジャケットのポケットにはレンズが薄紫色のサングラスを挿している。

「架川さん」

すかさず隣を歩く光輔が咎め、その隣の直央は、向かいを歩いて来た職員に会釈をした。ここは警視庁本部庁舎の十一階で、廊下に並んだ窓からは内堀通りと、その向こうの皇居の桜田濠が見える。時刻は午前九時過ぎだ。

　タワーマンションでの騒動と、光都ホテルでの対決から約ひと月。あの後すぐに、奥多摩の土地の再開発計画を巡る陰謀の捜査が開始された。しかし直央たちは独断捜査に加えてタワーマンションへの不法侵入、令状なしの通信傍受などが問題となり、自宅待機を命じられた。そうこうしているうちに年末になり、三人で本庁に呼び出された。

　聞いた話によると、三田と永瀬は自己弁護に終始しつつも素直に聴取に応じ、これを受けて鷲見も話しだしたという。さらに三田は、今回の一件と去年の長野県警と元警務部長・有働弘樹に関する事件との繋がりについても話しだしたそうだ。今後、鷲見組と津島、さらに計画に関与した警視庁関係者は徹底的に追及され、場合によっては鷲見組の解散もあり得るという。一方、架川と光輔、ついでに直央も厳重注意のみで、懲戒処分などの沙汰は下されない模様だ。マスコミの目も光っており、少しでもことを穏便に済ませたいという本庁上層部の意向だろう。奥多摩の土地の再開発計画はいったん中止になり、今後については不明だという。

「でも、本当にいいの？」

　廊下を歩きながら、光輔が訊いてきた。隣を見て、直央は答えた。

「特別選抜研修が継続されることですか？　だったら、構いません。上層部の人たちは何も変えないことで、『誰の圧力も受けてないし、口利きもない』とアピールしたいんでしょう。釈然としないし、事務職希望なのも変わらないけど、いま異動するのはしゃくじゃないですか。それに、私がいなくなると蓮見さんたちが困るかなあと」

「困る訳ねえだろ。ペーペーのダボサクが、何をぬかしてやがる」

すかさず、光輔の隣で架川が顔をしかめる。ペーペーは未熟者で、ダボサクは使いものにならないやつで、どっちも暴力団関係者の隠語。知らず、直央は記憶を辿ってしまう。その間にも直央たちは長い廊下を進み、角を曲がった。前方にはエレベーターホールが見える。すると、光輔が言った。

「でも、僕は認識を改めたよ。結果も出したし、女優としてのきみは信用に値する。架川さんも、タワーマンションで命を預けると言ってくれたのは嬉しかった。逆のことを僕ができるかと言われたら、無理だけど」

前を向いたままで、微妙に偉そう。しかしその眼差しはまっすぐで、口元にいつもの笑みは浮かんでいなかった。

「女優じゃないし」

思わず突っ込んだ直央だが、今のは光輔の本音で、精一杯の言葉だろう。そう思うと、ほっとしたようなじれったいような気持ちになった。架川も、「何だそりゃ」と言い返しつつ、どこか嬉しそうだ。

　エレベーターホールに着き、光輔が下りの呼びボタンを押した。

「お疲れ様です」

　後ろからの声に振り向いた直央たちの目に、制服姿の職員が映った。目鼻立ちの整った若い女で、長い髪を頭の後ろで束ねている。まず、光輔が反応した。

「若井さん。お久しぶりです」

　直央も「お疲れ様です」と会釈し、架川は「おう」と返す。若井美波巡査部長は本庁警務部人事第一課監察係所属。かつては研修で桜町中央署に配属され、光輔たちと組んで事件を解決したこともあるそうで、直央も今年の夏、秋場圭市の店で会った。

「玄関まで、お見送りします」

　会釈してそう告げ、若井は直央の横に並んだ。ポケットからサングラスを出してかけ、架川が返す。

「らしくもねえ。どういう風の吹き回しだ？」

　すかさず「架川さん」と咎め、光輔はにこやかに「ありがとうございます。お元気ですか？」と訊ねた。表情を動かさず、若井が答える。

「はい。今回の事件については聞きました。捜査には監察係も関わっているのでコメントは控えますが、水木さん」

「はい！」

ふいに語りかけられ、つい大きな声を出してしまう。形のいい眉をひそめてから、若井は直央に向き直った。

「水木さんもある意味、事件関係者です。大丈夫ですか？」

表情と口調からは伝わってこないが、本気で心配してくれているのだろう。そう判断し、直央は答えた。

「はい。母はショックを受けたようですが、事実は事実です。むしろ、自分が当事者になったことで、事件に巻き込まれた人の気持ちが、少しわかった気がします」

本心だし、今回の一件で自分は成長したとも感じる。しかし騒動から時間が経ち、かけがえのないものを失ったと悟った。その喪失感はやがて消えるのか、あるいはこのまま抱えて生きるのか。今の直央にはわからない。ちなみに信士は完全黙秘を貫き、捜査員の追及にも微動だにしないという。

「わかりました。ところで、ご報告があります。先日上官より、来春の人事異動で警務部人事第一課監察係監察官に任じる予定だと伝えられました」

若井が話を変え、光輔が「すごいじゃないですか！」と目を見開いた。監察官とは警察職員の不祥事を取り締まる、いわば「警察の中の警察」だ。

「監察官になるのは、若井さんの夢だったんですよね。おめでとうございます」

「ありがとうございます。しかし、あくまでも予定です」

淡々と返しはしたが、クールな完璧主義者然とした若井が予定でも人に伝えるということは、よほど嬉しく、誇らしくも思っているのだろう。直央も「おめでとうございます」と伝えた矢先、架川が鼻を鳴らした。

「これで心置きなく俺らを追い詰められるっていう宣戦布告か？　なら、受けて立つぞ」

若井が架川を見て場の空気が張り詰めた直後、チャイムが鳴ってエレベーターが到着した。四人でカゴに乗り込んだが、空気は張り詰めたままで、フォローを入れると思った光輔もなぜか無言。エレベーターは下降を始め、訳がわからないながらも仕方なく、直央は口を開いた。

「そう言えば、気になってることがあるんですよ。タワーマンションでの騒動の時、なんで非常警報設備のアラームが鳴ったんでしょうね。後で確認したけど、火事とかは起きていなかったんですよ」

操作パネルの前に立って疑問を呈すると、隣の若井が訊ねた。

「そうなんですか？」

「ええ。しかも、アラームが鳴り始めたのは、鷲見組の蛯沢が元一途会の手嶌さんを撃とうとした直前」

「……そうですか」

若井は相づちを打ったが言葉の前の間が気になり、直央は隣を見た。と、後ろで架川が言った。

「しょうもねえことを気にしてるんじゃねえ。考えるべきことは、他に山ほどあるだろ」

「でも」

「タワーマンションの住人の誰かが、テラスの様子に気づいたのかも。それもいずれ、捜査で明らかになるんじゃないかな」

光輔も言い、「はあ」と返した直央だったが、釈然としない。あれこれと考えている間もエレベーターは下降し、一階に着いた。

チャイムが鳴ってドアが開き、直央たちはカゴを降りた。入れ替わりで、一階のエレベーターホールにいた人がカゴに乗り込んだ。制服姿の背の高い男性で、すれ違いざまに小さく会釈したので直央たちも返す。そのまま広いエレベーターホールを数歩進み、直央は立ち止まった。

今の人、どこかで会った？　桜町中央署じゃないし、家の近所でもないわよね。怪訝(けげん)に思った直後、直央の頭に黒いダウンジャンパーとジーンズをまとった男の姿が蘇(よみがえ)った。

「あっ！」

声を上げて振り向き、直央はカゴに目をこらした。が、制服姿の男の姿を捉える前にドアがするすると閉まる。慌てて駆け寄り、壁のボタンを押したがエレベーターは上昇を始めた。

「どうかした？」

光輔に問われ、直央は振り向いて答えた。

「今の人、知ってます！　タワーマンションで会った、引っ越しの依頼主。あの時下ろしてた前髪を今は上げてたけど、面長の輪郭といい、同一人物です」

「そうかなあ。違うと思うけど」

光輔は首を傾げ、架川も、

「だから、しょうもねえことを気にしてんじゃねえよ。行くぞ」

と面倒臭そうに告げて歩きだした。光輔も続く。二人はエレベーターホールの先の玄関ロビーに向かったが、直央は納得できず、かといってなす術もなくその場に立ち尽くした。引っ越し作業を途中で放り出したのが気になり、その後を訊いたのだが、光輔は「上手く対処したから」としか答えてくれなかった。

と、こつこつとヒールの音を立てて若井が歩み寄って来た。

「だから、あの二人に割り込むのは無理だと言ったでしょう」

「はい？」

とっさに訊き返して、今年の夏、圭市の店で会った時にも同じ言葉を若井に告げられたと思い出した。同時に、「あの二人の優秀さと親密さには、理由がある」とも言われたのを思い出したが、その真意はわからず、混乱する。すると、若井は自分より少し小柄な直央を見下ろし、こう続けた。

「でも、あなたならあの二人と並んで歩けるかもしれない。それはすごいことだけど、同時に大変なことよ」

意味深かつ意味不明。直央はますます混乱し、そこにいま見た制服の男の姿も重なった。

いろいろ言い合ってケンカもして、一緒に陰謀を暴いた。それで少しはわかり合えた気になっていたけど、勘違いなのかも。蓮見さんと架川さんには、もっと大きくて危険な秘密があるんじゃないだろうか。

直央は愕然とし、鼓動が速まるのを感じた。不安と理不尽さ、さらに恐れも湧く。と、そんな想いに被さるように、「秘密を抱えていても、貫ける正義はあるのよ」というあっけらかんとした女の声が胸に響いた。一瞬戸惑い、先月結城達治の事件を解決した際の、母・真由の言葉だと思い出す。胸は揺れていたが覚悟は決まり、直央は若井を見て応えた。

「そうですね。でも、並ぶのは無理です。今は後を付いて行くのが精一杯。だけど、絶対に諦めません。私たちはトリオなんですから」

「そう」

無表情に短く若井が言い、直央は「はい」と頷く。そして「では、失礼します」と一礼し、歩きだした。玄関ロビーは混み合っていて、直央は行き交う職員や市民とぶつかりそうになる。それでもパンツスーツの背筋を伸ばし、直央は前へ前へと歩き続けた。

15

本部庁舎を出て、光輔は架川と敷地の裏側にある駐車場に向かった。少し歩くと、架川が言った。

「面が割れたし、今後は気をつけねえとな」

「羽村さんのことですか？　引っ越しの手配をして依頼人になってくれただけじゃなく、僕らがあの部屋を飛び出したあとスカイラウンジを見張って、非常警報設備のアラームを鳴らしてくれましたからね。でも、水木が顔を覚えていたのは想定外です」

そう言いながら、光輔は後ろを振り返った。本部庁舎の玄関とそこを出入りする大勢の人、警備の警察官が見える。若井と話しているのか、直央はまだ出て来ない。と、サングラス越しに薄曇りの空を見上げ、架川が返した。

「最初に言ったろ。水木はぺーぺーだがただの三下じゃなさそうだって」

「覚えていますよ。ところで、架川さんもいいんですか？」

建物と建物の間の通路に入り、光輔は問うた。両手をスラックスのポケットに入れ、架川が問い返す。

「異動の話か？」

「ええ。さっき警務部長は水木の特別選抜研修の継続と同時に、架川さんが望めば組対への異動を認めると言ったじゃないですか。マル暴に戻るチャンスだったのに」

「あんなエサに食いつけるか。上層部(うえ)は俺とお前、水木を引き離してぇだけだ。また三人で何かしでかすんじゃねえかと、気が気じゃねえんだろ」

「なるほど」

苦笑しつつも光輔が相づちを打つと、架川が話を変えた。

「お前こそ、いいのか？　今回の一件を受けて、長野県警のヤマの全貌(ぜんぼう)も明らかになるだろう。そうなりゃ、お前が抱えてたものにもカタが付く。そろそろ自分を取り戻して、元の暮らしに戻ってもいいんじゃねえか？」

最後のワンフレーズで立ち止まり、架川は光輔をまっすぐに見て問いかける。光輔も立ち止まり、架川を見た。

言われたことが何を意味するのかはわかるし、自分でも考えていた。しかし、躊躇（ちゅうちょ）を覚える。あんなに取り戻したかった本来の自分と元の生活なのに、今の自分と立っている場所を失うのが怖い。そんな自分が信じられず、さらに戸惑う。

こちらの表情を読んだのか、架川は前を向いて歩きだした。雲が切れ、頼りない日射しがアスファルトを照らす。

「なんてツラしてんだよ……仕方ねえ。こうなりゃ、とことん付き合ってやるよ」

「結構です。ていうか、『やるよ』って。上から目線の根拠が不明なんですけど」

ほっとしながらもそう言い返し光輔も歩きだした時、ジャケットのポケットの中でスマホが振動した。取り出して見ると、「手嶌さん」とある。不吉な予感を覚えながらも仕方なく、「蓮見です」と出ると、手嶌は言った。

「すまん。あんたの、『お祖父（じい）さん』にはなれなくなった」

「はい？」

立ち止まり、つい訊（たず）ねると手嶌はこう続けた。

「孫の樹利亜の件だよ。ことも収まりそうだし、そろそろ話を進めて、と思ったんだが、樹利亜がとんでもねえことを言い出した」

「はあ」

「怒らねえで聞いてくれよ。この間、俺の店の前で樹利亜と会ったろ？　ところが樹利亜のやつ、あんたのことを『好みじゃない』と言うんだ。それだけじゃねえ。『私は、もう一人のおじさんがいい。渋いし、ちょっとじいじに似てる』だとよ」

「それはつまり」

光輔が水を向けると、電話の向こうでため息をつく気配があり、手嶌は応えた。

「ああ。樹利亜はあんたじゃなく、架川さんと結婚したいそうだ」

「……それはそれは」

こみ上げて来た笑いを必死に堪え、光輔は相づちを打った。一方手嶌は大真面目で、

「ということで、去年の取引はチャラだ……ところで、架川さんは独り者だよな？　バツイチ、いや、バツ二だったか？　まあ、いいや。じゃあな」

と捲し立て、電話を切った。

スマホをしまい、光輔は顔を上げた。通路の先に架川の背中を見つけ、追いかけて声をかける。

「架川さん。朗報ですよ」

「あ？」

怪訝そうに振り返った顔が、この後どう変わるのか。想像して噴き出しそうになるのを堪え、光輔は話し始めた。

16

廊下の隅に行き、樋口勝典は周囲を確認した。スラックスのポケットからスマホを取り出し、ある番号に電話をかける。短い呼び出し音の後、架川英児が応えた。

「おう」

「樋口や。なんや、妙なことになったで。兵庫県警本部に男が現れたんや。そいつは、自分は県警の元職員や言うんやけど」

そこで言葉を切ると、架川は「それで？」と促した。

「名前を訊いたら、『蓮見光輔』と答えたんやて。どういうこっちゃ」

勢い込んで訴えたが、返事はなかった。電話の向こうで、架川が息を呑んだのがわかった。

解　説

木曜ドラマ「警視庁アウトサイダー」ゼネラルプロデューサー
服部宣之（テレビ朝日）

ドラマプロデューサーを二十年近く生業としている僕の好きな言葉に「絶妙な塩梅」という言葉がある。プロデューサーとしてこの言葉を口にするタイミングは非常に多い。立場上、様々なドラマや映画、役者さんのお芝居、監督の演出などについて感想を求められる機会も多いが、その時に良く用いる言葉だ。八割は本心から肯定的な意味合いで、二割は感想に非常に困る時、もしくは、実は（そのドラマや映画、舞台を）見てない＆（小説・漫画を）未読の際の「誰も傷つけない感想」として用いることが多い。

「絶妙な塩梅」とは、プロデューサーにとって絶妙に使いやすい言葉なのだ。あ、でもこんなところで僕の手の内を明かしてしまい、今後、「絶妙な塩梅ですね」というフレーズが使いにくくなってしまった……。

では、なぜ、こんな書き出しで解説を始めてしまったかというと、僕が加藤実秋さんの小説を読むたびに、いつも一番最初に思い浮かぶのが、「絶妙な塩梅」というワードだからだ。（当たり前ですが、今回は肯定的な意味合いで使用しています）

加藤実秋さんの原作を映像化させていただくのは、「インディゴの夜」以来、二度目だが、僕が加藤実秋作品に惹かれるのは、小説世界の全てがこの「絶妙な塩梅」に満ち溢れているからである。

本作に登場する架川英児と蓮見光輔のキャラクター、二人の主人公と脇を固める個性的なキャラクターとの関係、縦軸の事件と横軸となる毎話の事件とのバランス、コミカルなパートとシリアスなパート、フィクションとノンフィクションの割合、その全てが「絶妙な塩梅」で成り立っているのだ。

加藤実秋さんの作品が凄く高い確率で映像化されているのは、もちろん一癖も二癖もある個性的な登場人物や巧みなストーリーテリングはさることながら、この「絶妙な塩梅」に知らず知らずのうちに制作者が惹かれていくからではないだろうか。

僕自身、エンターテインメントの基本は、物語や登場人物の〝振れ幅〟、分かりやすく言うと、〝楽しいけど悲しい〟とか〝怖いけど優しい〟とか、こうした二つの相反することの振れ幅がどれくらい大きいかで面白さが決まっていく…と考えている。

喜劇王のチャップリンは「人生は近くで見れば悲劇だが、遠くから見れば喜劇だ」という言葉を残しているが、まさしく、それは悲劇と喜劇が「絶妙な塩梅」で混じり合っているからこそ、人生なのだ……ということを言っているような気がしてならない。ちょっと話が脱線してしまったが、加藤実秋さんが描く世界はそんな悲劇と喜劇、サスペンスとコメディ。大きな嘘とリアリティのバランスが絶妙なのだ。

そもそも、「警視庁アウトサイダー」というタイトルからして、相反する二つの言葉が「絶妙な塩梅」で並んでいる。「成りすましの刑事」で「エース」という蓮見光輔の設定も振れ幅が大きく、またそのキャラクターの裏付けに〝警視庁の再採用制度〟という現実にある制度を使い、フィクションとノンフィクションを「絶妙な塩梅」で混ぜあわせることで、キャラクターにリアリティをもたらしている。

風貌も言動も極道な架川が、実は人一倍正義感に溢れていることも、主人公として「絶妙な塩梅」で成り立っている。

ただ映像化する際には、一目で見て分かる「振れ幅」も必要で、加藤さんとも相談して、架川に血が苦手……、血を見るとクラッとしてしまう……という弱点を付け加えさせて貰った。たびたびドラマの中では、西島秀俊さん演じる見た目も言動も極道な架川がクラッと倒れていくが、その表情がこれまた「絶妙な塩梅」なので、ぜひご覧いただきたい。

また少し話が脱線してしまうが、架川を演じる西島さんご自身が、実はとんでもない振れ幅をお持ちだった。僕自身、お仕事でご一緒するのははじめてで、撮影前はクールで寡黙な方……というイメージを持っていたが（きっと読者の皆さまもそうだと思う）、実際の西島さんは、スタジオに置かれているお菓子を撮影の合間にモグモグ頬張り、木村ひさし監督の無茶ぶりともいえる〝突然後ろ向きに歩き出す……〟という演出も（体幹を鍛えている……という裏設定）嬉々としてお芝居で乗り越えていく、お茶目でチャーミングな方だった。あのような容姿でありながらの、このギャップ。西島秀俊という存在自体が、人として〝絶妙な塩梅過ぎる〟のだった。

西島さんのことを書きながら、更に余談を重ねるが、加藤実秋さんご自身も、小さく華奢なお体からは想像できない、〝喧嘩上等〟的なエネルギーに満ち溢れた方で、これまた「絶妙な塩梅」をお持ちのお方だったことを思い出してしまった。

話を戻そう。

今回の「警視庁アウトサイダー」に関しては、小説のアイデアを加藤さんからお聞きした時から、すぐに映像化したいと思った。

それは、世の中のあらゆることが〝白〟か〝黒〟かの二択しかないような感じで当事者たちを追い込んでいく現代、白と黒が混じり合った主人公たちが躍動する物語が、とてつもなく魅力的に感じたからだ。

ドラマの劇中にも登場する架川の台詞「悪い事したらごめんなさいだろ」ではないが、大なり小なり人は過ちを犯す生き物だからこそ、その事にどう向き合うか……、どう乗り越えていくか……が、僕自身は一番大切なことのような気がしてならない。

　加藤さんと一緒にならら、そんな想いを「絶妙な塩梅」でエンターテインメントとしてしっかり描くことが出来るのではないか……、そう思ったことが原点だ。

　本作に収録された「帰って来た罪人」では、直央の背景が明らかになり、母親の真由も巻き込んで、自殺にみせかけた殺人事件が展開していく。ある家族の悲しき事情がその背景には横たわっているが、光輔が最後に語る「どんなに残酷な真実でも、隠されたり、ごまかされたりするよりはずっといい」という言葉が、光輔の背景とも相まって重く胸に響く。ただ僕自身がもっともハッとさせられたのは、「秘密があるのは悪いことじゃないし、秘密を抱えていても、貫ける正義はあるのよ」という、このシリーズを通じてのテーマのようなことを、加藤さんが真由に語らせたことだ。

　これぞ、「絶妙な塩梅」。

　誰が語っても少々、作り手の意図が透けてしまうこの台詞を真由が言うことで、何の違和感もなく、すっと読者の心に落ちていくのだ。

　そして続く「正義と秘密と」では、いよいよこのシリーズを貫く大きな秘密が明らかになっていくが、僕がいま「正義と秘密と」に関して話せる感想は、「絶妙な塩梅ですね」の一言だけだ。ドラマ撮影は佳境を迎え、今日も脚本家の髙橋泉さんとドラマ版最終回の打ち合わせをしている。

そう、ドラマ脚本の最終ページ、〝終わり〟という三文字を見るまでは、僕は「正義と秘密と」を読むことは出来ないのだ。

なぜなら、ドラマと小説では物語の展開もキャラクターも異なるので、どうしても結末は違うものにしたい……と、僕が思っているからだ。だから、「正義と秘密と」を最後まで読み終えることが出来ない。だって、読んでしまったら、加藤さんが考えた最高の事件の結末に心奪われてしまうことは間違いないから。

小説とドラマで異なるエンディングを、読者の皆さまにはぜひお楽しみいただきたい。

小説とドラマを互いに読み返す、見直すことで、この「警視庁アウトサイダー」シリーズはエンターテインメントとして、「絶妙な塩梅」となるのだから……。

本書は書き下ろしです。

警視庁アウトサイダー
The second act 3

加藤実秋

令和5年 2月25日 初版発行

発行者●山下直久

発行●株式会社KADOKAWA
〒102-8177 東京都千代田区富士見2-13-3
電話 0570-002-301(ナビダイヤル)

角川文庫 23545

印刷所●株式会社暁印刷
製本所●本間製本株式会社

表紙画●和田三造

●お問い合わせ
https://www.kadokawa.co.jp/ (「お問い合わせ」へお進みください)
※内容によっては、お答えできない場合があります。
※サポートは日本国内のみとさせていただきます。
※Japanese text only

ISBN 978-4-04-113317-0 C0193

角川文庫発刊に際して

角川源義

第二次世界大戦の敗北は、軍事力の敗北であった以上に、私たちの若い文化力の敗退であった。私たちの文化が戦争に対して如何に無力であり、単なるあだ花に過ぎなかったかを、私たちは身を以て体験し痛感した。西洋近代文化の摂取にとって、明治以後八十年の歳月は決して短かすぎたとは言えない。にもかかわらず、近代文化の伝統を確立し、自由な批判と柔軟な良識に富む文化層として自らを形成することに私たちは失敗して来た。そしてこれは、各層への文化の普及滲透を任務とする出版人の責任でもあった。

一九四五年以来、私たちは再び振出しに戻り、第一歩から踏み出すことを余儀なくされた。これは大きな不幸ではあるが、反面、これまでの混沌・未熟・歪曲の中にあった我が国の文化に秩序と確たる基礎を齎らすためには絶好の機会でもある。角川書店は、このような祖国の文化的危機にあたり、微力をも顧みず再建の礎石たるべき抱負と決意とをもって出発したが、ここに創立以来の念願を果すべく角川文庫を発刊する。これまで刊行されたあらゆる全集叢書文庫類の長所と短所とを検討し、古今東西の不朽の典籍を、良心的編集のもとに、廉価に、そして書架にふさわしい美本として、多くのひとびとに提供しようとする。しかし私たちは徒らに百科全書的な知識のジレッタントを作ることを目的とせず、あくまで祖国の文化に秩序と再建への道を示し、この文庫を角川書店の栄ある事業として、今後永久に継続発展せしめ、学芸と教養との殿堂として大成せんことを期したい。多くの読書子の愛情ある忠言と支持とによって、この希望と抱負とを完遂せしめられんことを願う。

一九四九年五月三日

角川文庫ベストセラー

警視庁アウトサイダー　加藤実秋

警視庁アウトサイダー2　加藤実秋

警視庁アウトサイダー3　加藤実秋

警視庁アウトサイダー The second act 1　加藤実秋

メゾン・ド・ポリス 退職刑事のシェアハウス　加藤実秋

元マル暴のやさぐれオヤジと訳ありの好青年エース。ある〝秘密〟で繋がった異色の刑事バディが、型破りの捜査と鋭い閃きで市民を救う！「メゾン・ド・ポリス」の著者入魂、警察小説新シリーズ！

都内のアパート建設予定地で、白骨化した男性の遺体が発見された。暴力団関係者と思しき男の所持品にはなんと、刑事課長・矢上の名刺が。元マル暴刑事・架川とエース刑事・蓮見が辿り着いた切ない真実とは？

密造酒の捜査に違法薬物捜査手法のコントロールド・デリバリー!? 型破りな異色刑事バディが街の事件と組織の闇に立ち向かう！　蓮見の父の冤罪事件でも重要な証拠が見つかるが、敵も動き出し……。

春、元マル暴と訳ありエースの異色刑事バディのもとに配属されたのは、事務職志望の新米女性刑事。嚙み合わない3人だが、初日から殺人事件が発生し解決のため奔走することに……最強凸凹トリオ、誕生！

新人刑事の牧野ひよりが上司の指示で訪れた先は、退職した元刑事たちが暮らすシェアハウスだった！　敏腕、科捜のプロ、現場主義に頭脳派。事件の話を聞くうち刑事魂が再燃したおじさんたちは――。